沐斋精选作品

空色 中国传统意象二十品

宁大有·著绘

中国经济出版社

·北京·

自序

廓然无碍

《空色》《兰花旨》《勾阑醉》都是我十余年前的旧作，如今全新再版，也算给期待已久的老读者们一个交代了。三书合出，最早是编辑的主张，然而现在想来却自有其中的道理。一来，三本书的主题各分"阴阳"：兰分兰、蕙，戏分雅、乱，意象分空与色；二来，昆曲被称作"江南兰花"，兰花本身就是一个意象，就是"空色"；至于色空不二，浮生如戏亦如梦，"空色"又何尝不是一出出的戏、一个又一个的梦呢？

昔日庄周梦"栩栩然蝴蝶也"，十余载光阴再回首，发如雪而鬓染霜，恍惚间我也"猗猗然兰也"！这些年，一众兰草随我辗转漂泊，凋零损半，甘苦悲欣，唯有自知。孔子说："五十而知天命。"天，道也；命，象也；五十，数也。《左传》写："物生而后有象，象而后有滋，滋而后有数。"人的命，一如兰草的命，无外乎持贞守正、处顺安时。得意处，正心做事，戏会越唱越好，兰也越滋越茂；失意时，止心随缘，站在兰花丛中对月听曲，幽香有无中，天地廓然无碍。

人们常称羡空谷幽兰，赞美它"不以无人而不芳"，可是有谁愿意真的栖身幽谷呢？《易经》之《困》卦曰："入于幽谷，三岁不觌。"是君子也不想困于谷底，遑论凡夫？而其象辞"不失其所亨"，老子亦云"不失其所者久"，都在告诉我们要守住一颗心如如不动。在困境中，更要乐天知命，像兰草一样含章可贞，扬扬其香，静候光明。如是则一念之转，境界别生；所谓困境，皆是妙境。

如今三年疫情结束，三部书稿也将重获新生。此次再版，《空色》变动最大，文章由原来的"十二品"扩展为"二十品"，同时更新了全部画作；《兰花旨》次之，增删了十数篇，并重制了绝大多数画作；《勾阑醉》文字相对保留完整，只在画作上尽量更新。付梓之际，既要感谢黄昕不厌其烦地敦促、沟通和协助，更要感谢素晗多年来一如既往地支持、勉励和付出。《易》云:"同心之言,其臭如兰。"愿兰之馨,如汉之广,如山之恒,周流四序,时时处处。

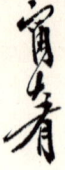

癸卯立冬后五日于京城

靓青

青山 003

登高 017

杖藜 037

长啸 050

洗朱

绮窗 075

尺素 087

西楼 101

秉烛 110

櫱黄

驿路 121

风雨 140

捣衣 156

吴钩 170

荼白

清风 187

明月 200

白云 210

流水 224

玄黛

江声 241

渔父 250

沧洲 262

野渡 276

靛
青

青山

自有天地，便有青山。山之为物，如如不动；青之为色，生生不息。翻开中国传统文化的历史长卷，诗词歌赋、经史子集，汉字所在，无处不青山。

《诗》云"高山仰止"，子曰"仁者乐山"，画家卧游山水，琴人志在高山。山是典型的空间意象，然而着一"青"字，使它同时含有明晰的时间属性。世间几番沧海，唯有青山不改；这种永恒性，使得青山首先成为人们寄托古今兴废之慨的坐标，一个历史的见证人，一个冷静的旁观者。"青山依旧在，几度夕阳红。"（《临江仙·滚滚长江东逝水》）青与红两种色彩的鲜明对比，将历史的兴废之悲渲染到极致，提醒我们人生如梦，世事无常。"英雄一去豪华尽，惟有青山似洛中。"（《金陵怀古》）当一切尘埃落定，往事烟消云散，留在后人视野中的唯有亘古不移的青山。"山外青山楼外楼，西湖歌舞几时休。"（《题临安邸》）故水家山已成昨，纸醉金迷犹未歇。"人世几回伤往事，山形依旧枕寒流。"（《西塞山怀古》）……在天地造化面前，在苍莽群山面前，世间的荣枯兴衰和个人的得失荣辱实在不值一提。

山作为《易经》的八个基本卦象之一，其名为"艮"，寓意"止"，代表着恒定。推而广之的六十四卦，两艮上下叠加依然是艮，艮卦就是重叠的山。《象》曰："兼山艮，君子以思不出其位。"《彖》曰："艮，止也。时止则止，时行则行。动静不失其时，其道光明。"《大学》说："知止而后有定，定而后能静，静而后能安。"道理正与《易》通。东坡句"此心安处是吾乡"乃反其意而用之——通常情况下，对寻常人来说"吾乡才是心安处"，故乡正是安顿每个人心灵的地方。当漂泊的游子思念起遥远的故乡，在他心底那片如云似雾的乡愁里，总有一个朦胧的身影，若隐若现却又坚定不移：那就是故乡的青山。

世乱同南去，时清独北还。他乡生白发，旧国见青山。

晓月过残垒，繁星宿故关。寒禽与衰草，处处伴愁颜。

(《贼平后送人北归》)

司空曙的这首送别诗作于"安史之乱"后，战乱中诗人与朋友一道背井离乡；眼下友人独自北归，诗人依旧漂泊江南。历时九年的兵燹浩劫，神州大地生灵涂炭，昔日意气风发的青年，如今已经"他乡生白发"；友人重返故里，虽然家园破败，毕竟可以"旧国见青山"。诗中"白发""青山"的色彩对比极为鲜明，含蓄地表达了友人重回故乡的喜悦、辛苦遭逢的悲怆和世易时移的感慨。

故乡的青山，承载了古今多少漂泊游子魂牵梦萦的思念；而作为家园的守望者，青山不仅代表故乡，还包含了一切故人、故事和故情。比司空曙小十来岁的中唐诗人戴叔伦，在其《题稚川山水》一诗中写道："行人无限秋风思，隔水青山似故乡。"人生何处无青山，故乡的青山既不得见，异乡的青山聊慰乡思又何妨？清代诗人查慎行长年远离江南故土而浪迹中原，当他到达兖州眺望当地的徂徕山，乃赋诗曰："青山雅淡如故人，何可经时不相见！我行久与故人别，转向青山增眷恋。"游子对故乡故友的思念，尽付与眼前触目所及的青山，管它故乡或他乡！王昌龄的名句："青山一道同云雨，明月何曾是两乡。"头顶的明月，便是故乡的明月；眼前的青山，何如故国之青山！王昌龄送柴侍御，以青山明月相宽慰；而刘长卿送裴郎中，也同样借青山以互勉："同作逐臣君更远，青山万里一孤舟。"难兄难弟，沦落天涯，所幸有绵延无尽的青山一路相伴，那青青的山色，是温存而坚毅的故人情。

远谪海南的苏轼，对青山的眷恋和体悟显然更深。当垂垂老矣的学士终于盼来归期，行将启程，夜宿澄迈驿之际，可谓百感交集：

> 余生欲老海南村，帝遣巫阳招我魂。
>
> 杳杳天低鹘没处，青山一发是中原。
>
> （《澄迈驿通潮阁》二首）

"杳杳天低鹘没处，青山一发是中原。"东坡目光所及，隐隐可见一线如发的青山，不是宋都汴梁的山，不是他勾留过的密州、杭州、黄州的山，更不是他的故乡眉山，那只是海外漂泊的倦客心中渴望已久、最遥远却最亲近、最陌生也最熟稔的印象家山。在东坡心底，中原大地的青山，尽管隔海千万里，只要望得见就有希望，哪怕只是茫茫如"一发"——人们普遍将这句诗译为"远方地平线上连绵的青山宛如一丛黑发"，用发丝来比喻天际的青山，别致新颖，可谓匠心独运。

然而苏诗设喻亦有所本，青山与头发之间很早就存在一种亲密而神奇的关联。如司空曙这句"他乡生白发，旧国见青山"，诗句所表达的意思，无非是杜甫的"国破山河在，城春草木深"；而对比的手法，则近于"江碧鸟逾白，山青花欲燃"。青与白，是诗人惯用的两种色彩；青山对白发，也是诗歌常见的最佳组合之一。白居易诗"当君白首同归日，是我青山独往时"、贾岛诗"白发无心镊，青山去意多"、杜荀鹤诗"白发多生矣，青山可住乎"、严复诗"相看白发盈头出，长恐青山与愿违"……"青"的生机与"白"的苍老，这种比照总会令敏锐的心思深深触动；而这种心灵触动的背后，源自一个更久远的哲学思考，一个中国人关于人生观的难解命题：仕与隐，显与遁，或者说入世和出世。

如果说"白发"意味着入世及其所带来的结果，那么"青山"就象征着出世、隐遁以及人生的终极归宿。这一点由方才所引用的那些诗句都足以证明,而倘若抛开"白发",独以"青山"表明心迹的诗文同样比比皆是。北宋高士陈抟的诗句:"十年踪迹走红尘,回首青山入梦频。"以红尘对应青山,作法用意正与"白发青山"一致。李白的《山中问答》:"问余何意栖碧山,笑而不答心自闲。"青山换作碧山,但隐居的意思是一样的。戴叔伦:"去住浑无迹,青山谢世缘。"(《晖上人独坐亭》)在诗人心中,青山是超脱了尘世的所在。就连胸怀天下而积极入世的士大夫楷模范仲淹也说:"与君尝大言,定作青山邻。"至于所谓"田园诗风"的作者和文本更是如此,王维:"湖上一回首,青山卷白云。"孟浩然:"绿树村边合,青山郭外斜。"

青山的清幽令人解忧,青山的恒固让人心定,青山的长青使人忘年,诗人总会在青山绿水间觅得安逸、自在和恬然。然而对于一人而兼立德、立功、立言之"三不朽"的旷世鸿儒王阳明来说,青山于他的意义又不只是归隐而已。他的《归兴二首》其一有句:"百战归来白发新,青山从此作闲人。"其二又云:"青山待我长为主,白发从他自满头。"据考证,这两首诗为"正德辛巳年归越后作"。在平定宁王叛乱之后，为避免卷入政治斗争的旋涡，王阳明选择急流勇退，短暂地归乡养老隐居。此时阳明先生已届知命之年，在历经擒贼、息乱、平叛等大小战役后，正可谓"百战归来白发新"，不论是道德修养、学问文章，还是功勋成就，阳明先生都已达人生之巅峰，他可以与青山为伴，从此做个闲人了。

可是阳明先生之"闲"岂是寻常文人墨客栽花种草、弹琴煮茶的闲情逸致？"青山待我长为主，白发从他自满头"，他的"闲"其实是"清虚"，是无为而有为；"无为"是他所说的"闲"，"有为"便是要做"青山之主"。何谓主？虚便是主；何谓虚？虚便是道。《庄子》说："唯道集虚。虚者，心斋也。"只有此心虚寂，才能物我两忘，也就无所谓"青山"或"白发"，因为心斋同道，空境光明；用另一位明代理学家罗伦的话说就是"持静之本，以存其虚……虚则内有主而不出"。阳明先生之心内有主，此亦正是青山之主；故而他要做个闲人，闲人却也恰是主人了。此心湛然如斯，但知"青山待我长为主"，一任"白发从他自满头"！

对于芸芸众生而言，人生易老悲白发，长羡唯有故山青。

青山不老，所以除了故乡、故情和故人，出世、隐居和隐遁，它还象征着不朽和世间一切可贵的永恒。晚唐诗人杜荀鹤生逢乱世，怀才不遇，他在李白墓前凭吊而吟诗，借讴歌诗仙和诗圣，抒发其对身处其中的那个江河日下的世风的愤慨：

何为先生死，先生道日新。青山明月夜，千古一诗人。天地空销骨，声名不傍身。谁移耒阳冢，来此作吟邻？

(《经青山吊李翰林》)

诗中的"青山"，既是特指，更是泛指。诗人真诚地礼敬和称颂李白，称他如"青山明月"一般永垂不朽，唯有杜甫堪与之为伴；二位先生之风，俱如山高水长，光耀千古。杜荀鹤对"李杜"有多敬爱，对那些宵小就有多憎恶；如同杜甫当年倾情赞美"初唐四杰"并抨击那些无才而短视的轻薄之徒："尔曹身与名俱灭，不废江河万古流。"杜甫心中奔淌的万古江河，正如杜荀鹤眼前仁立的不朽青山。这青山不仅是李白，更是一座丰碑，一个知己，一道照亮诗人心路的光，勉励和鼓舞他无惧坎坷与险阻，自信而坚定地走下去。

凡人皆有失意落魄时。即便通脱洞达的一代大儒朱熹，也难免尘世之困厄和忧患。当其身处人生逆境，在颠沛动荡的羁旅中，陪伴和抚慰他心灵的也是那天地间的绿树青山：

昨夜扁舟雨一蓑，满江风浪夜如何？

今朝试卷孤篷看，依旧青山绿树多。

(《水口行舟二首》)

南宋庆元元年（1195年），韩侂胄擅权，斥"道学"为"伪学"；庆元二年，朱熹被削职，韩党羽诬告朱熹"资本四邪"等六大罪，"请加少正卯之诛"；庆元三年，朱熹等被列入"伪学党"，通缉在案。在此政局动荡、学禁严峻之时，朱熹率他的学生从闽北乘船南下古田，在抵达水口之际，偶遇大风雨，朱子百感交集，乃作此诗言志。

夜雨、江风、巨浪，这些险恶的气候环境暗喻艰危的时局，而朱子在此险象环生的困境中，依旧喜见"青山绿树多"。这里的"绿树"和"青山"，显然不仅是单纯的自然物象，而是朱子儒家品性和气节的自比，是其遁世无闷、坚贞不移之君子人格的写照。太史公云"文王拘而演《周易》；仲尼厄而作《春秋》"，朱子置身"满江风浪"，正与往圣同途。子曰"仁者不忧"，因为"知止有定"，君子心如艮止，故而"仁者乐山"。

仁者乐山，爱青山之不改；智者乐水，惜绿水之长流。朱熹知道，这世间唯一的永恒，便是道、便是德、便是仁；孔子说"仁者寿"，仁所以为不朽。亦如西方哲学家康德的名言："有两种东西，我对它们的思考越是深沉持久，它们在我心灵中唤起的惊奇和敬畏就越日新月异，不断增长，这就是我头上的星空和心中的道德定律。"西方哲学的道德，固然与中国哲学的道德概念并不能等同，但是作为人类普世思想价值的取向却并无二致。而康德对人类道德的深思和敬畏，又恰似对数千年前中国那位古老圣王的呼应——《大学》曰："苟日新，日日新，又日新。"这是商汤的盘铭，更是后世儒家对于君子"明明德"的要求与召唤。康德头顶的星空，便是朱熹面前的青山；道德如星辰般永明，"明德"如青山般长健。

古今贤者无不爱青山，然而若说最爱青山者，大概非辛弃疾莫属。青山在稼轩笔下出现的频率之高、意义之大、名句之多，令人叹为观止；而且不同的青山显示出不同的姿态、性情和气质，在不同的词境里具有不同的含义。可以说，"青山"在稼轩的笔下出神入化、气象万千、变幻莫测。

稼轩雄才远志不得施展，渴望寻求强大的同道支援，提笔道："青山欲共高人语，联翩万马来无数。"这里的叶丞相便是词中的"高人"，而"青山"便是词人自己；当遭贬失意，落寞归隐时，青山又化身为倾听他心事的知己："青山招不来，偃蹇谁怜汝？"青山啊青山，你这脾气耿直孤高得要命，除了我稼轩，谁能中意你呢？此处与其说他在数落青山，倒不如说是青山在数落他呢！稼轩因病不能饮酒，可是心里又馋，青山于是又成了"酒托"："青山却自要安排。不须连日醉，且进两三杯。"不是我稼轩非要整两杯，是青山这哥们儿盛情难却啊！眼见大好河山沦落于金人铁蹄之下，稼轩胸间多少愤懑意难平，他想力挽狂澜，可惜柔弱的南宋王朝只想苟且偷安："青山遮不住，毕竟东流去！"真正的壮士，总是在不断挫折中奋起，经历一次次失望，再一次次将希望之光重新点燃，稼轩猛志固常在："老僧拍手笑相夸，且喜青山依旧住。"稼轩眼里的青山，很多时候是沉重的，但也有清新的姿态："清溪奔快，不管青山碍。"这是词人漫步山野间所见的眼前即景，清溪的动与青山的静相映成趣，落笔似漫不经心、自然天成，却令人读之有色可睹、有声可闻。"青山意气峥嵘，似为我归来妩媚生。"此处的青山，不但清新，而且英俊，甚至是妩媚了。

寻常人眼中的青山，一般来说总是严肃、庄重、沉稳，不苟言笑的，与妩媚沾不上边。可是稼轩爱它如此之深，于是不止一次以"妩媚"形容和赞美青山，下面这首杰作大概是辛词之冠了：

甚矣吾衰矣。怅平生、交游零落，只今余几！白发空垂三千丈，一笑人间万事。问何物、能令公喜？我见青山多妩媚，料青山、见我应如是。情与貌，略相似。

一尊搔首东窗里。想渊明、停云诗就，此时风味。江左沉酣求名者，岂识浊醪妙理？回首叫、云飞风起。不恨古人吾不见，恨古人、不见吾狂耳。知我者，二三子。

（《贺新郎·甚矣吾衰矣》）

这首词作于宋宁宗嘉泰元年（1201年）春天，辛弃疾已是六十多岁、赋闲山野的花甲老人。收复国土的理想眼见破灭了，通篇满是英雄壮志难酬的悲怆凄凉；然而词句经如此天才以如椽巨笔跌宕挥洒而出，读者却并不觉其凄苦，唯感动于词家之光风磊落、豪气干云。

"我见青山多妩媚，料青山、见我应如是。"青山永远是青山，初心无改；稼轩始终是稼轩，矢志不渝。或者说，青山就是稼轩，稼轩就是青山；他们"妩媚"，互相欣赏，彼此砥砺，旁若无人。"妩媚"的用典，一说出自唐太宗评魏徵："人言徵举动疏慢，我但见其妩媚耳！"显然，稼轩笔下的青山不是因妩媚而可爱，而是因可爱而妩媚；青山不是以容貌声色示好于人，而是以"中行而与之"[1]。青山便是耿直、中正而妩媚的魏徵，也是稼轩自己。李白诗："相看两不厌，唯有敬亭山。"哪怕任何人都反感我、抛弃我、憎恶我，只要"青山"认可我、勉励我、青睐我，夫复何求？伟大的人格都是相似的：李白和辛弃疾一样，他们都是狂者，都是他们各自心中的青山，只为自己崇高的理想而活；他们无惧于失去全世界，但求"知我者，二三子"。

---

[1] 出自《论语》。子曰："不得中行而与之，必也狂狷乎！狂者进取，狷者有所不为也。"中行，指儒家的中庸之道。

李白殁后三百余年,世出辛稼轩;稼轩殁后近三百年,又一位孤高耿介之才士诞生——唐寅。一样的胸怀远志,一样的壮志难酬,一样的用他手中的笔赞美青山。他作画,画后题诗,诗曰:

　　不炼金丹不坐禅,不为商贾不耕田。
　　闲来写就青山卖,不使人间造孽钱。(《言志》)

登高

人们说起登高,首先想到重阳,然而登高并非重阳节的专属。中国人自古崇尚登高望远,古诗词里流传下千百代文人骚客登临的诗句,这些诗句贯穿一年四季的终始——时而夏日炎炎,时而雨雪霏霏,时而春花灼灼,时而落木萧萧。

登高处,可以是自然的山川,也可以是人造的楼台。凡人视野有限,所以谁都想看一看那楼外楼、山外山。唯一和今人不同的是,古人登高,首先不是为了观景,也不是为了过节,而是为了一展胸襟。

所谓胸襟,就是怀抱,就是意气,就是远志,就是精神。通俗地说,就是理想。而这些,正是今人最缺失的东西。我们常说"魏晋风骨",晋人的倜傥风流,只能遥想追慕。名士兼名相谢安石,素以远志名世。

王右军与谢太傅共登冶城,谢悠然远想,有高世之志。

(《世说新语·言语》)

文人登高,如同好汉饮酒,喜欢自然是喜欢,但更重要的是,他们借助这种方式获得一种不可言传的类似"天人合一"的抒发和共鸣,又称"一浇胸中块垒"。由于每个人的身世不同,境遇不同,价值取向有异,哲学思想有别,每个人在登高的时刻,所思所感也就不一样,或者说人各有志,所以即便大家同登一座山峰,写出来的诗句之意味也相去千里。

儒家的登高,是为接近心中至高无上的"仁";道教徒登高,是为寻求成仙得道的"仙";皇帝祭祀封禅,要登天下五岳;沙门礼佛修行,要临四大道场。在古人心目中,高山是最与苍天相近的地方。

单说儒家。儒家对君子人格的终极要求便是"高"和"远"。孔子曰"巍巍乎!舜、禹之有天下也"这说的是"高";"子在川上曰:'逝者如斯夫'",这是在说"远"。孔子又说,"知者乐水,仁者乐山","仁"即是"高","知"即是"远",这一句话就又把两方面意思都涵盖了。从某种意义上说,高是空间的概念，远是时间的概念，但这两种维度又不是确指的，因为君子的"怀抱"无时无刻不在胸中运动变化，好比道家修炼的内气，大象无形。

钟子期听俞伯牙抚琴，他听得出伯牙的志趣，就说"巍巍乎若泰山"，又说"洋洋乎若流水"。高山流水，其实分别是伯牙胸中逸气的不同表现形式，凝止团聚，则冲霄而为山；顺势发散，则奔腾而为水。琴家没有这份逸气，想弹奏好这支曲目，那是不可能的。

《论语》道："仁以为己任，不亦重乎？死而后已，不亦远乎？"所以胸怀儒家治世救国理想的士人，每登临高处，便能自心底激发出这份远志和胸襟。

明末清初之际的一代大儒顾炎武，在明亡后联合傅山、屈大均等爱国志士僻处山、陕之间，以图恢复大业。历史的洪涛，而今又奔流至惊骇动荡的险滩，此刻，又是一番"国破山河在，城春草木深"。顾亭林和他的同志们送别，相对把盏，就在青山之巅。远眺大好河山，众人百感交集，泪眼潸然。

有人开始借酒浇愁，有人开始埋头抚琴，有人开始痛吟诗篇。屈大均吟道："雁门北接尝山路，尔去登临胜概多……"

顾亭林与之相和：

> 一雁孤飞日，关河万里秋。云横秦塞白，水入代都流。烽火传西极，琴樽聚北州。登高欣有赋，今见屈千牛。
>
> （《出雁门关》）

正是"关河万里秋"——力挽狂澜的志士纵然势单力薄，回天乏术，但毕竟"德不孤"，有这些战友在，可以相互砥砺，与子同仇。事虽未成，其心其举已足垂青史，光照世人。"天下兴亡，匹夫有责。"——这便是儒家入世之"登高"的价值所在，它像一面旗帜，奋扬于巍巍之山巅。而顾炎武诗中提到的那句"登高欣有赋"，也正是来自儒家经史。

> 传曰：……登高能赋，可以为大夫。（《汉书·艺文志》）

《汉书》所引的"传"，是指《诗经》，《诗经·鄘风·定之方中》传："升高能赋……可谓有德者，可以为大夫也。"正是因为儒家将"德"看得比什么都重，定国安邦者，非有德者不能担当。所谓"登高能赋",自然不仅仅是登上高处,吟花诵月,随便占两句诗、写两篇文章。文不欺人,你的真实想法、思想境界,白纸黑字上写得真真切切。所以同样地,当我们读那生于"世患"之中的名士阮籍的悲吟时,可以感到"竹林七贤"的无奈和"魏晋风流"的彷徨:

> 朝阳不再盛,白日忽西幽。去此若俯仰,如何似九秋。人生若尘露,天道邈悠悠。齐景升丘山,涕泗纷交流。孔圣临长川,惜逝忽若浮。去者余不及,来者吾不留。愿登太华山,上与松子游。渔父知世患,乘流泛轻舟。(《咏怀》)

面对人世的冷酷和人生的无常,阮籍选择了逃避。而逃避的法门,不外乎山和水,也就是那儒家也好道家也罢,他们所推崇的"高"和"远"——他想到了齐景公,听到那国君登高而哭;他想到了孔圣人,闻到那夫子临水之叹。他想随仙人,去登临那高山;他想学渔父,去荡舟于中流。"往者不可谏,来者犹可追",可阮籍连"谏"都懒得谏,连"追"都不愿去追了,就这样吧!

孔子的临川惜逝不必说，齐景的登山流涕却是个有些可笑的典故。这则故事《列子》《晏子春秋》等均有记录，而《韩诗外传》的记载较为简洁：

> 齐景公游于牛山之上，而北望齐，曰："美哉国乎！郁郁泰山，使古而无死者，则寡人将去此而何之？"俯而泣沾襟。国子、高子曰："然。臣赖君之赐，疏食恶肉可得而食也。驽马柴车可得而乘也。且犹不欲死，况君乎？"俯泣。晏子曰："乐哉！今日婴之游也，见怯君一，而谀臣二。使古而无死者，则太公至今犹存，吾君方将披蓑笠而立乎畎亩之中。惟事之恤，何暇念死乎！"景公惭，而举觞自罚，因罚二臣。

可以说，这是一个关于胆怯和懦弱的故事，自然也谈不上什么胸襟。凡人怯弱并不可怕，可怕的是一国之君的怯弱。晏子所抨击的恰是这点。按理说，登高足使人产生超拔之志，比如曹操，"东临碣石，以观沧海"，雄武之情洋溢于胸，这是一代帝王应有的风度。而这位齐景公登上了牛山之后，览望壮丽河山，竟然涕泪交流。而他哭泣的理由才尤为可笑："好美的山川，好美的祖国！为什么自古人们都会死呢？可惜寡人有朝一日也会死，寡人死了就再也无法饱览这美丽的山河啦！"于是晏子借机讽谏这位君王："要是自古人们都不会死，那先皇圣人们至今都还健在，哪还轮得到您当家作主呢？陛下您这会儿正戴着草帽在地里干活呢吧！活尚且干不完，还有闲工夫担心死不死吗？"

齐景公虽然怯弱，倒并不昏庸，当即意识到轻重真伪，不但责备另两位"谀臣"，自己也罚了一杯。客观来看，一方面，晏子的规谏无疑正确，帝王如果不励精图治，乃至舍生忘死，于国于己都是极其危险的，宋徽宗、南唐后主等就是例证；另一方面，帝王这个工作的确不是常人干的活，正所谓"高处不胜寒"，假如是作为普通人的齐景公登高而泣，无论基于何种理由，似乎都是可以理解的。因为登高而悲而泣的人，哪怕是名士，也大有人在。

这是一首真正旷绝古今的绝唱：

前不见古人，后不见来者。

念天地之悠悠，独怆然而涕下。

(《登幽州台歌》)

　　初唐诗人陈子昂为何登台而哭？可以从前面阮籍的诗中找到答案。倡导并复兴魏晋风骨的陈子昂，其价值取向必然受魏晋人影响，具体也表现在文学创作之中。阮籍对于人世的看法是：苦短、飘忽、无常，这一切都可以从《登幽州台歌》的字里行间找到印记。有所不同的是，阮籍诗歌有意地"曲解"了齐景公的登高之悲，将其表现等同为自己对浮世的判断，而陈子昂的的确确是自发地哭，为自己而哭，一个人在天地间哭。他不是像齐景公那样畏惧未来的死亡，而是用登高之泣表达了与阮籍类似的情感："可悲啊！古今渺渺，天地茫茫，而人不过如沧海一粟！"这里面有陈子昂的怀抱。

　　不过，陈子昂与阮籍的登高之悲终究境况相类——天性的清高、旷荡及现实里"人生在世不称意"的愤懑情怀，这种情怀普遍存在于古今多数诗人的心间，似也不足为奇。而与阮籍同时代的显达之士羊祜的登高之悲，则显得具有特别的气质和意味。

祜乐山水，每风景，必造岘山，置酒言咏，终日不倦。尝慨然叹息，顾谓从事中郎邹湛等曰："自有宇宙，便有此山。由来贤达胜士，登此远望，如我与卿者多矣！皆湮灭无闻，使人悲伤。如百岁后有知，魂魄犹应登此也。"湛曰："公德冠四海，道嗣前哲，令闻令望，必与此山俱传。至若湛辈，乃当如公言耳。"……襄阳百姓于岘山祜平生游憩之所建碑立庙，岁时飨祭焉。望其碑者莫不流涕，杜预因名为堕泪碑。（《晋书·羊祜传》）

德冠四海、功成名就的羊祜何以在登山那一刻潸然泪下？《淮南子》中"往古来今谓之宙，四方上下谓之宇"，宇宙，便是空间和时间。"自有宇宙，便有此山"，岘山之巅的羊祜很自然地经由"时空"的广大背景联系到儒家的"高"和"远"。无数先贤胜士，为了那心中的"高远"践行一生，无论当时是否实现，都终归于湮灭无闻，这是有情众生面对无情宇宙的终极矛盾。老子所谓"天地不仁，以万物为刍狗"，意正在此。

羊祜登高，不为己而悲，乃为天道所惧，为士气而叹。

正是这份有情味的人文关怀以及对人性与天命的反思，才使得他不但有力地区别了齐景公，也在相当程度上区别了阮籍与陈子昂。羊祜于功勋和政绩之外，更以其人性人情深深触动世代人心，这情性便是儒家核心价值之"仁"。孔子谈《诗》，对于名句"高山仰止，景行行止"（《诗经·小雅·车辖》）特别评价曰"诗之好仁如此"（《礼记·表记》），也是出于这个理由。

四百多年后的一天，地点未变，时间已是盛唐。诗人孟浩然携友登上故乡的岘山，与历代无数虔诚的寻访者一样来追思前辈的德行旧迹，遂有名篇《与诸子登岘山》：

> 人事有代谢，往来成古今。江山留胜迹，我辈复登临。
> 水落鱼梁浅，天寒梦泽深。羊公碑尚在，读罢泪沾襟。

人之悲心，无论有感于世事之变迁，朝代之兴废；抑或天地之无穷，人生之短暂，都属于一种大情怀，"登高"最能激发起人们这份情愫。汉魏六朝人言谈举止，多有高古之意，就凭着胸间这份大情怀。陶潜的"人生无根蒂，飘如陌上尘"；曹植的"高台多悲风，朝日照北林"；甚至王羲之把酒兰亭，挥笔而就的"仰观宇宙之大，俯察品类之盛"，其态度都如出一辙。如此，诗人登高所咏所感，个人差异之外，更随时代背景而变化。初唐以降，诗人所作登高诗文，不再有天地之悲，人生之泣（当然悲戚仍未绝），李白那样天马行空般的豪放俊逸和宋人那样淡云疏月式的清愁，代替了前代深沉的古韵悲思。

"登高壮观天地间，大江茫茫去不还。黄云万里动风色，白波九道流雪山。"李白的这两句诗，可谓一笔写尽登高望远的超拔情志；王之涣"欲穷千里目，更上一层楼"的直抒胸臆也充满了昂然的亮色。然而古往今来，李白、王之涣们的登高诗所表达的积极情绪并非主流，诗人们大多在自己登高所赋的诗句里倾泻了无尽的悲悯、怅惘和迷失，这种消极意味占据了古今大多数的诗篇——这是怀抱不能伸张的代价。

在这些"消极"诗歌中，似以盛唐为分水岭：盛唐以前的登高诗，多落于"悲"，前面已略提过；其后的诗，多归于"愁"。由悲到愁，消极的程度表面上看似乎减弱了不少，实则不然，因为这份情绪早已深入骨髓，无法自拔，成为国人"集体无意识"之一部分。

来看唐人咏天下"三大名楼"的诗歌。

先是"初唐四杰"的王勃,他赴宴滕王阁,在流光溢彩、觥筹交错的热烈氛围下,挥笔却是阵阵清寒:

阁中帝子今何在?槛外长江空自流。(《滕王阁序》)

接着看与李白同时期的崔颢,他登临黄鹤楼的题诗号称唐人七律之绝唱,连诗仙都自叹弗如。但笼罩在绝妙诗句间的况味,仍摆不脱一个"愁"字:

日暮乡关何处是,烟波江上使人愁。(《黄鹤楼》)

这诗真是好,好到说不出到底哪里好;这诗也真是愁,愁到这份愁绪竟然将诗仙都给传染了,后者在着意比拟前者的诗篇中,不但通篇都是登高怀古的惆怅,就连末尾的压脚句"长安不见使人愁"(《登金陵凤凰台》),都用了同样的韵和字。

至于一贯苦吟的老杜,登上岳阳楼之后所诵的诗篇,何止是苦，又岂止是愁：

> 戎马关山北，凭轩涕泗流。（《登岳阳楼》）

少陵老矣，岳阳楼上的老者老泪纵横，不复有当年望岳时"会当凌绝顶，一览众山小"的豪迈气概。那时候，想登高，未能登，壮思却比山还要高；现如今，登上个楼阁即涕泪交流，这便是岁月，这就叫人生。杜甫已知命——不光知自己的命，也知国家的运命，运命便是人世间这桑田沧海，天道正在其中。用辛弃疾的话来说，未登高时"少年不识愁滋味，爱上层楼"，待上得高处时，已老态龙钟，只得"欲说还休，却道天凉好个秋"！

一个"秋"字，愁意尽出。真是一个神奇的"巧合"：前面三首登楼诗竟然都押同一韵——"秋"字韵的发音内敛轻纤，深沉低徊，且余味绵亘，从声韵上说极易于表达愁怀悲绪。比如刘禹锡这首名篇同样用此韵：

> 王濬楼船下益州，金陵王气黯然收。

千寻铁锁沉江底,一片降幡出石头。

人世几回伤往事,山形依旧枕寒流。

从今四海为家日,故垒萧萧芦荻秋。

(《西塞山怀古》)

据《全唐诗话》载,刘禹锡与白居易、元稹、韦应物等同会乐天舍,谈论六朝兴废,各赋金陵怀古诗。刘禹锡满饮一杯此诗先成。白居易读毕,说:"四人共探骊龙,君已得珠,余皆鳞爪矣。"于是大家纷纷作罢。这故事虽不足信,但此诗诗品无疑在唐诗里位居一流。诗名不题"金陵"而题"西塞山",自有深意。说的是三国归晋事,王濬沿江东下所行路线恰是刘禹锡游历之所从来,故而沿途所观所想,刘氏深有感触,发而为杰构。大概刘禹锡也会联想到羊祜(倘若没有羊祜,就不会有王濬的功业),经过西塞山或者便联系起岘山之悲,"人世几回伤往事"讲的其实也是孟浩然的"人事有代谢,往来成古今"。说到底,刘禹锡所得的"龙珠"也就是后来辛稼轩所谓的"无人会,登临意"。而这个"登临意",表达得最为充沛和精彩的,非杜甫莫属。杜甫的《登高》被誉为

"古今七律第一"毫不为过：

> 风急天高猿啸哀，渚清沙白鸟飞回。
> 无边落木萧萧下，不尽长江滚滚来。
> 万里悲秋常作客，百年多病独登台。
> 艰难苦恨繁霜鬓，潦倒新停浊酒杯。

"无边落木萧萧下，不尽长江滚滚来"——乍一看去是纯粹对自然景象的描写，然而诗歌的意味和弦外之音，却传递和渗透给读者一份历史的沧桑与深沉，让人自然联想到宇宙的新陈代谢，历史的浩荡洪流，人间的沧海桑田。所谓"无边落木"不就是"人事有代谢"；所谓"不尽长江"不就是"往来成古今"吗？这正是杜甫远超于众多诗人的地方，山川草木都随意替他说话，毋庸赘言。写诗如此，已经无法品评——任何注脚和赏析实属多余。登临之悲、之愁、之苦，至此被老杜画上了一记无比有力的句点。写登高之诗的人再想超越，已宣告不可能，除非换个视角。

聪明人总是不缺的，比如宋人黄山谷：

痴儿了却公家事，快阁东西倚晚晴。

落木千山天远大，澄江一道月分明。

朱弦已为佳人绝，青眼聊因美酒横。

万里归船弄长笛，此心吾与白鸥盟。

(《登快阁》)

登临高处的黄山谷，没有想太多，或者没有去写太多心中所想。他好像只立意要做一件事：鸥鹭忘机，快意平生。他可能联想起他的良师益友苏轼，那个写就《超然台记》的苏轼，"吾安往而不乐"——的确，仕途的坎坷算不了什么，古今的兴衰也与我无关，人生的苦短又何必去理会！说什么"暝色入高楼，有人楼上愁"，说什么"登高迎送远，春恨并依依"，我只看到"天远大""月分明"。人当"游于物外"，登高还是临川，在此抑或在彼，哪个不是我呢！

在这样的登临诗面前，人们暂时记不得愁苦的老杜了。这是宋人的淡然。淡然到即便起了忧思，嘴里说道心惊，文字却波澜不起。于是，超然淡然，形成一份优雅，这就成为宋人的胸襟和怀抱。

高楼聊引望,杳杳一川平。远水无人渡,孤舟尽日横。
荒村生断霭,深树语流莺。旧业遥清渭,沉思忽自惊。

(《春日登楼怀归》)

寇准在春日里登高怀乡,笔调也是同样的安静恬淡。颔联、颈联都明显在仿唐朝诗人韦应物,但整诗的调子却更倾向于王摩诘。相对于其他伟大的前辈诗人来说,宁静的王维明显更符合宋人的审美趣味。

王维那首有关重阳的诗家喻户晓:"独在异乡为异客,每逢佳节倍思亲。遥知兄弟登高处,遍插茱萸少一人。"在这样一个特定的时间、地点和情境下,诗人所思所想的只是故乡,因为那里有他的兄弟和亲朋。王维的诗,没有李白张扬个性的豪情壮志,没有杜甫痛思家国的沉郁悲凉,没有崔颢遥想仙踪的不胜怅惘,没有王勃物是人非的黯然神伤。他想家,想亲人,仅此而已。

登高在王维这里也只停留于作为想象空间中的思乡背景,所谓"高处不胜寒"的隐喻,在此并不存在。于是,"高处"和"低处"之差异,在王维诗里亦无分别,空间的分别既然没有,时间的分别亦复如是。所以,"佳节"在此不过是个思乡的借口而已,换作平日便也一样。登高也好,不登高也罢,身为异客的诗人,无时无刻不在思念着自己遥远的故乡和亲人。

登高,不仅可以思古怀远、抒发胸襟和怀抱,也可用以寄托对远方亲友的思念之情。凡人如此,高僧大德也不例外。

雪带烟云冷不开,相思无复上高台。

江山况是数千里,只听嘉声动地来。

(《寄乌龙长老》)

这是有宋高僧雪窦禅师的诗作。雪窦在一个寒冷的冬日,思念他的朋友乌龙老和尚。怎奈彤云密布、飞雪飘零,不能够登高遥望以寄相思,所幸乌龙和尚禅风广布,千里传音,对老友来说也算最大的安慰吧。

王维和雪窦的诗都可谓浑然天成,韵味是如此的平淡,简直看不到悲,也读不出愁,但深切的意味恰在其中。就像这则不显眼的禅门公案:

曰:"步步登高时如何?"师曰:"云生足下。"

(《五灯会元》卷三十)

石霜楚圆禅师看似轻描淡写的一句回答,实则已过万水千山。

这份轻描淡写,是禅师的胸襟。山静,云动;然不论动静,都随我的脚步而存在。山刚,云柔;然不论刚柔,皆基于我心中之正念——禅心在此。联系儒家《易经》,可观升、渐两卦以为比照:

地中生木,升。君子以顺德,积小以高大。
山上有木,渐。君子以居贤德善俗。

升卦,升,就是集聚而升高。《彖》曰:"柔以时升,巽而顺,刚中而应,是以大亨。"石霜之登高,云随足至,是"巽而顺";思不出山,为"刚中而应"。只要心怀中正,不袒己私,必然志行无碍。《老子》说:"合抱之木,生于毫末;九层之台,起于累土;千里之行,始于足下。"正是升卦之用的最好注解。

再看渐卦。渐，就是渐进。艮下巽上，木在山上，木因山而高。意思是进而有序，循序渐进。"上九，鸿渐于陆，其羽可用为仪，吉。"渐之极，不为位累。犹如贤人高致，超然于进退之外，看似无用，但"其羽可用为仪"，正是无用之用；君子立德，行无言之教，移风易俗，高节为世表率。而朱子直接点明："渐进愈高而不为无用，其志卓然，岂可得而乱哉！"（《周易本义》）

千年前，那位叫范仲淹的老者遥想自己登上了岳阳楼，像年轻时一样，直面水天一色，挥毫写下自己的胸襟和理想。这个理想也是他人生的总结，"不以物喜，不以己悲""先天下之忧而忧，后天下之乐而乐"。前一句诠释升卦，后一句演绎渐卦。孔门传授心法《中庸》说：

> 君子之道，辟如行远必自迩，辟如登高必自卑。

这便是"志在高山"，也便是"云生足下"。

杖藜

杜甫《暮归》："年过半百不称意，明日看云还杖藜。"短短两句诗，大有说头。"年过半百"即人到中年，也正是孔子所谓"知天命"之年，心知天命，身却不比从前，所以须"杖藜"——此其一；而更重要的缘由，"杖藜"乃是一份礼仪和象征。《礼记》载：

> 五十杖于家，六十杖于乡，七十杖于国，八十杖于朝。
> （《礼记·王制》）

华夏之号称礼仪之邦，全因中国古代的礼仪规制广博而缜密，远大而精微，其意义乃使尊老敬贤成风，少长尊卑有序，国民之伦理和人格基础由此而立。五十岁以上，次第可以挂杖出行于家、乡、国、朝，资格及其标准和顺序一目了然。残疾人除外，三四十岁的年轻人如果拄杖外出是非礼；五六十岁的中年人在家里、郊外、城乡接合部都可以杖藜而行，但如果进宫城，甚至拄杖上朝也是非礼，绝对不允许。

所以说小小一根手杖，意义重大。《礼记·曲礼》又载："大夫七十而致仕，若不得谢，则必赐之几杖。"古代人口少，又格外尊重知识，重视人生经验，所以人才利用率比现代高。当官的士大夫，要七十岁才退休。即便如此，如果因岗位需要或者皇上留恋不舍，那还是不能退，不退的话，皇上要代表中央政府和国家意志郑重其事地为他授勋，赐其一方几案，一根手杖，表示对老臣的尊重：您可以"杖于朝"啦！

所谓上行下效，皇上如此，平民百姓更要这么办。所以《礼记》特别告诫年轻人与长辈打交道应当如何行事：

> 谋于长者，必操几杖以从之。(《礼记·曲礼》)

同长者商议事情，必须拿着几和杖到长者跟前去。"几"是用来方便长者坐卧休息以凭靠，"杖"是方便长者站立行走以扶持。因而,手杖古时别名"扶老"。这就又说回开篇所引的杜甫那句诗,"明日看云还杖藜"其实是化用了晋代名士陶潜的佳句,陶渊明不到中年便辞官隐居,作千古名篇《归去来兮辞》,其中两句尤为精工而天然:

> 策扶老以流憩,时矫首而遐观。云无心以出岫,鸟倦飞而知还。

扶老,是一种竹子的名称,即《山海经》提到的邛(qióng)竹,又叫扶竹。因其可以为杖,故有此名。就像侠士喜佩宝剑一样,竹杖作为文士们的日常贴身器具,备受钟爱,文人在其上镌刻杖铭以明志,在诗歌中吟咏它以抒怀。

最仰慕陶渊明的北宋大家苏轼,大概深受五柳先生"策扶老以流憩"的意态影响,终其一生颠沛流离的漫漫坎途上,他手中常握的正是那一杆扶老。

"竹杖芒鞋轻胜马,谁怕?一蓑烟雨任平生",写出了诗人于困顿之中的达观、洒脱与豪情,一腔情怀永远弥漫在林野的烟雨里,回荡在竹杖与芒鞋的交响中,字字句句敲打着人们的心灵。坡翁的形象从此深刻印镌在后世的心底,从李公麟到陈洪绶,历代画家为其造像,总不忘拈毫写一笔邛竹于东坡手中。

事实上,东坡与其他人一样,平生所用不仅一杆竹杖,而制杖的材质也总有不同,有时是藤杖,有时却是藜杖。

> 林断山明竹隐墙,乱蝉衰草小池塘。翻空白鸟时时见,照水红蕖细细香。
> 村舍外,古城旁。杖藜徐步转斜阳。殷勤昨夜三更雨,又得浮生一日凉。(《鹧鸪天》)

相比前一首词,这首的意境较为平淡,平淡之外还笼罩着一层薄薄的感伤,若有若无,却不过火。诗人说自己"杖藜徐步转斜阳",此时他手里的杖,可能真的是藜杖,但也可能仍是竹杖或者其他什么杖。只是交代个意思,是笼统地讲,是说我苏轼闲无事,拄杖漫步在夕阳下,欣赏悦目的美景。意思够了即可,推敲细节就容易破坏词境。

但读者若也"闲无事",非要雕字镂句不可,问一下苏轼的杖藜到底为何物，那我们在此且不妨"破坏"一下词境——古时制作手杖的材料，金、木、竹、藤、玉之外，最常见、最普通却也最负盛名的，就是这个"藜"了。

什么是藜呢？《说文》："藜，藜草也。"等于没说，只是说明藜是一种野草，且为人所常见。《尔雅》写道："拜，蔏藋（diào）。"注云，即灰藋。灰藋就是我们俗称的灰菜，乡间遍地都是，嫩叶可以食用，老来主茎坚硬，可以削制手杖，这便是著名的藜杖。后世诗文里常出现藜杖、杖藜，大多是一种借代，藜遂成为手杖的别名。

藜杖既如此常见而易得，所以就为老百姓所通用。但《晋书·山涛传》记载，"文帝以涛母老，赠藜杖一枝"，可见不光是寻常巷陌，皇宫里也有藜杖，然而这恰恰表明了藜杖平民化的性格和身份——相对于朝廷颁赐三朝元老以龙头杖、凤头杖来说，山涛之母获御藜杖已经是符合其身份的一种恩赐了。

金玉杖高贵，配以王侯；竹藤杖清雅，妙合文士。藜杖却因其草根精神，深受平民偏爱，更为隐者独钟。《庄子·让王》中记载了子贡见原宪的故事：

原宪居鲁,环堵之室,茨以生草;蓬户不完,桑以为枢;而瓮牖二室,褐以为塞;上漏下湿,匡坐而弦歌。

子贡乘大马,中绀而表素,轩车不容巷,往见原宪。原宪华冠縰履,杖藜而应门。

子贡曰:"嘻!先生何病?"

原宪应之曰:"宪闻之,无财谓之贫,学而不能行谓之病。今宪,贫也,非病也。"

子贡逡巡而有愧色。

原宪的家,荒芜简陋,子贡则衣锦高乘,香车宝马。见面那一刻,原宪正在潮湿破败的屋子里,和着屋漏之雨抚琴而歌。他是什么模样?只见他"华冠縰履,杖藜而应门"。原宪戴着破帽子,趿拉着烂草鞋,扶着一杆藜杖,推开蓬门,直面衣着光鲜的子贡。

自打老师孔子离世后,师兄弟们天各一方,各觅其所。如今同门相见,二人的生活处境竟然差距这么大。子贡见原宪这副潦倒模样,心里有了万分的优越感,脱口道:"哎呀!先生这是什么病呢?困窘成这个样啦!"

原宪从容答道:"我听说,没有钱财叫作贫,有学识却不能施行才叫作病。如今我原宪是贫,不是病。"子贡闻言惭愧无措。

这时,原宪微笑着劝告子贡,不要"希世而行""学以为人,教以为己",那样便是"仁义之慝(tè)"。子贡此刻早已无地自容,没有告辞就匆匆离开了。据《韩诗外传》记载,见子贡离去,"原宪乃徐步曳杖,歌《商颂》而返,声满于天地,如出金石",完全一派慷慨自若的君子高风,如今弦犹在耳。而子贡呢,羞愤交加,司马迁在《史记》中说子贡"终身耻其言之过"。

故事至此结束。那么,曳杖的原宪和骑马的子贡,二者孰高孰下呢?不能轻易定论。且再来看他们的老师孔子临终的那一幕,当时孔子的手中也有一把杖。

> 孔子蚤作,负手曳杖,逍遥于门。歌曰:"泰山其颓乎!梁木其坏乎!哲人其萎乎!"既歌而入,当户而坐。
>
> (《礼记·檀弓上》)

孔夫子一大早起来,背着手拖着杖,在门口徜徉。嘴里唱着歌，唱完了，转身回屋，面对屋门静坐。这时候，子贡第一个出现了。子贡琢磨老师的歌词，说："泰山其颓，则吾将安仰？梁木其坏，哲人将萎，则吾将安放？夫子殆将病也。"于是来见孔子。

孔子一向行为端谨，今一反常态，倒拖藜杖，作散人放任状，足见怪异。孔颖达解释说："杖以扶身，恒在前而用，今反手却后曳之，示不复杖也……若不能以礼自持，并将死之意状。"可见，藜杖在孔子眼中意义不比寻常，它在此是儒家礼仪的符号，近乎礼器。君子借之以怀礼，而今孔子又反其道而行之以示圣人之将殁，礼之将崩。据此，子贡立即猜出老师的意思。

身为孔子的得意门生之一，子贡聪慧过人，以言语著称。事实上，子贡在学问、政治、外交、商业等各方面都具备极高的天赋和才华，可谓孔门数一数二的通才，不但富甲天下，而且出仕相国，孔子在世时其多次助孔门于艰难，孔子死后又传徒授业，光大师说。从某种程度而言，子贡足可跻身七十二贤中"学""行"结合得最好的"双优生"而无愧。

然而，当原宪对子贡说"学而不能行谓之病"，并说自己无"病",只是"贫"时,子贡何以面有惭色呢?并非子贡审视自己的"学"与"行"不足与原宪相比,而在于他的"言语"之利这次发挥得太快而贻人口实,落了下风。说到底,还是彰显了修养的不足,愧对恩师。子贡在那一刻,一定回忆起了自己与先师的那次对白。

> 子贡曰:"贫而无谄,富而无骄,何如?"
> 子曰:"可也。未若贫而乐,富而好礼者也。"
>
> (《论语·学而》)

这是一场经典的对答。子贡通过这次问答,立刻领悟到,不断进取是一方面,更要紧的在于修养不是"向外",而是要"向内"下功夫。真正的闻道,不是摆给别人看的,乃是一种由内而外的自足的喜悦。贫而乐道,富而好礼,都是仁者之心的自然流露。而此番原宪的表现,恰恰是"贫而乐",子贡的行为,却正是近于"富而失礼"了。怎能不羞愤难当!

其实,儒家也好,道家也好,一切法门都讲求修行者必须观照内心。孔子教育子贡的那番话,其手段意旨,又与中国佛教的禅宗何其相似。

且看临济义玄禅师的这则公案：

> 师在堂中睡，黄檗下来见，以拄杖打板头一下。师举头见是黄檗，却睡。黄檗又打板头一下，却往上间。见首座坐禅，乃曰："下间后生却坐禅，汝这里妄想作什么？"
>
> （《临济录·行录》）

禅堂里，义玄在下间睡觉，首座在上间坐禅。作为方丈的黄檗禅师不去惩戒义玄，反而批评首座在妄想，却说义玄在坐禅——道理何在？

在黄檗眼中，义玄困了就睡，十分自然，顺性而为，何罪之有？而首座一本正经地打坐，希图借此实现圆满证悟，岂非缘木求鱼、颠倒梦想？简单说来，佛性不生不灭，就在每个人的心中，既然不用向外去攀求，那么打坐与睡觉便也无分别，坐禅不是任何一种外在的形式。

黄檗用拄杖第一次敲打义玄的禅板，是要看看弟子的反应，是在问他："坐禅乎？睡觉乎？"如果义玄惊慌起立，或者用语言来回答任何一个，都陷入了二元对立，都是错。可义玄毕竟是义玄，他眼皮一开一关，管你什么黄檗，我兀自接着睡！这就是最圆满的回答。也显示出义玄其实并非如常人般在熟睡，而是真正地在修禅。所以黄檗再次拿拄杖敲打一下就离开了，表示肯定：小子你好样的！

义玄果不负黄檗重望，后来开创了中国禅宗历史上最辉煌盛大的一支：临济宗。临济宗的禅法特点就是刚峻猛烈，"德山棒临济喝"，"当头棒喝"便指临济义玄这派的接引路数。大概义玄深受他的两位老师黄檗希运和大愚禅师的影响（二位都好拿禅杖打人），将拄杖的威力发挥到极致。

相对于孔子要求门人追求"穷而乐道，富而好礼"的至臻完美人格境界，临济门庭的禅杖和棍棒，也是敲醒梦中痴汉的法器。儒与禅的终极旨归完全不同，但在向内修行这一点上，路径恰是相类。只不过，孔子和原宪手里的藜杖是有形的，它坚定地澄明和维系着至高无上的礼的尊严；黄檗和临济手中的禅杖是无形的，它在应机处随时击落又在无心处杳然失踪。

许是沙门的"无挂碍故"，志南和尚信手就点染出百代传诵的名篇：

古木阴中系短篷,杖藜扶我过桥东。

沾衣欲湿杏花雨,吹面不寒杨柳风。(《绝句》)

而苏东坡的朋友刘季孙,在北宋两党的倾轧间喘息,竟然在幕府的屏风上泼墨出无比精彩的诗句。据说,此诗甚至让他们的政敌——前来找茬的宰相王安石觅罢也暗自叹赏,放弃刁难——可是,无数丝丝缕缕的苦闷和清愁,笼不了,遮不住,依然出没于那些看似轻描淡写的字里行间:

呢喃燕子语梁间,底事来惊梦里闲。

说与旁人浑不解,杖藜携酒看芝山。(《题屏》)

文人活得累啊——一杆藜杖怎担得起,千古愁!

纵然是少年时的意气风发、腰挂三尺剑,"十步杀一人,千里不留行"的李白,到头来,终成了老年"肠断春江欲尽头,杖藜徐步立芳洲"的杜甫!

纵然是"怀良辰以孤往,或植杖而耘耔"的五柳先生,又怎比得"帝力于我何有哉"的荷蓧丈人!

子路从而后,遇丈人,以杖荷蓧。子路问曰:"子见夫子乎?"丈人曰:"四体不勤,五谷不分,孰为夫子?"植其杖而芸。(《论语·微子》)

丈人的"植杖而耘",陶潜真能做到?做得到他就不再是东坡尊崇的陶潜。

这是士人的宿命。

不信命又如何?堪破了,堪破了,堪破一切是虚空。虚空的天地间,只余下一柄藜杖。有生之年,凭它看浮云;云散尽,苍茫里,遍野新藜绿,春风草木生。

或是一幅简笔水墨点景人物画,画里的摩诘居士永远伫立在那儿。

倚杖柴门外,临风听暮蝉。(《辋川闲居赠裴秀才迪》)

长啸

如果没有魏晋，中国三千年文化史的高寿也必然打了折扣——生命之色彩固然繁缛丰艳，却平庸乏力提不起神，因为少了风骨。这风骨不是别的，便是特立独行之个性和自由磊落的精神。不理解这一点，就无从理解"三曹"的诗、"二王"的书、顾恺之的画、陶潜的隐、刘伶的醉、阮籍的啸和嵇康的琴。

余且不表，单说阮籍之啸。啸并非阮籍的专利，甚至并非晋人的专利。从远古至唐宋乃至元明，中国人一直在"啸"。啸的确为中国人所独有。然而，只有晋人的啸最集中、最普遍，也最绚丽。晋人的风流，透过这一声声集体和鸣，响彻天地，至今激越国人的心灵。

虽然，《诗经》《楚辞》中都频频出现过国人之"啸"，但从未有晋人啸得那般使人感怀动容。晋代容貌最美和最丑的男子都喜啸、善啸——潘岳的"长啸归东山，拥耒耨时苗"和左思的"长啸激清风，志若无东吴"，同样传达着人格的超拔和精神的高蹈。阮籍的啸事，更是风流千古。

> 阮步兵啸，闻数百步。苏门山中，忽有真人，樵伐者咸共传说。阮籍往视，见其人拥膝岩侧。籍登岭就之，箕踞相对。(《世说新语·栖逸》)

竹林七贤之阮籍以善啸闻名于世，阮籍的啸，声音可传播数百步开外。某一日，阮籍听说苏门山中出现了一位得道的世外高人，于是寻访入山，见那真人在山岩旁抱膝而坐。阮籍就坐到他面前，与他切磋论道。

这段故事《晋书》中有载，并记此苏门真人便是晋代高士孙登（确否暂不考）："籍尝于苏门山遇孙登，与商略终古及栖神导气之术，登皆不应。"不论阮籍高谈阔论什么道理，苏门真人始终一言不发，默不作声。阮籍无奈，只好拿出看家本领：

> 籍因对之长啸。良久,乃笑曰:"可更作。"籍复啸。意尽,退,还半岭许,闻上啦然有声,如数部鼓吹,林谷传响。顾看,乃向人啸也。(《世说新语·栖逸》)

这一招果然有效,真人听了阮籍的长啸,微笑道:"再来一个!"阮籍不忸怩也不谦让,复啸一遭,这次阮籍啸得心满意足,转头下山而去。走到半山腰,忽闻山顶传来天籁,宛如交响,林谷振动,《晋书》形容"若鸾凤之音,响乎岩谷",阮籍心下大惊,回首向山上看,正是真人所啸。

这便是晋人风骨。主客交流,可以无言,此时无言胜有言。不需要繁文缛节的客套,不必担心失礼而谨小慎微,不必挂虑露拙而丧失颜面。苏门真人的旷世长啸正是对阮籍一切天经地义大道理的终极解答,而这答案,只有心领神会的阮籍才能知道。阮籍闻道了,归家挥笔写就《大人先生传》。

在晋人眼中,天地坦荡荡,世间的道理不分轩轾。何谓儒墨,何谓佛老,尽可付一席清谈。儒家的阮籍与道家的孙登,在一场无言的互啸中完成了最高级的对话,远胜俗子面红耳赤地交锋。从表面上看,阮籍"败"给了孙登,事实却不是这样——因为阮籍是这场对啸中最大的受益者。

胡兰成曾无意间将"啸"和"喝"相提并论,他说:"魏晋人的'啸',与后来禅宗的'喝',与评剧的吊嗓子,皆是从丹田之息出来,非西洋人所有。"——这话只说对了一半,隔靴搔痒,未入"正法眼藏"。禅宗的"喝"与魏晋的"啸"形式上固然有相亲之处,但二者的相近性却在于运用的本质。也就是说,二者都有运用之"机",禅宗的"喝"不能随意乱喝,魏晋的"啸"也绝非任性狂呼。且看最以"棒喝"知著的禅门临济大师悟道前逸事:

> 于时师在众,闻已便往造谒。既到其所,具陈上说,至夜,于大愚前说《瑜伽论》,谈唯识,复申问难,大愚毕宵峭然不对。
>
> 及至旦,来谓师曰:"老僧独居山舍,念子远来,且延一宿,何故夜间于吾前无羞惭,放不净?"言讫杖之数下,推出,关却门。
>
> 师回黄檗,复陈上说。黄檗闻已,稽首曰:"作者如猛火燃,喜子遇人,何乃虚往。"(《宗镜录·临济和尚》)

临济久闻大愚和尚大名,前去造访,到了寺院,面对大愚通宵达旦地说经谈论,大愚竟然面如死灰形同木偶,一言不发纹丝不动。直至天亮,临济此时恐怕刚睡着,不料大愚突然进屋,并且开了尊口:"老衲我独居山舍,念你远道而来,且让你住上一宿,尽尽地主之谊。可是你小子为什么一晚上都在我面前不知羞地放臭屁!"说罢,举起手杖揍了临济一顿,并将他赶出山门。

临济心里冤哪,回到老师黄檗那里,如实转告了一遍。更意想不到的是,黄檗大师深深一礼,正色道:"大愚真是大师也!如猛火燃烧,光焰万丈!我替你高兴啊,得遇高僧,不虚此行!"老师不愧是老师,一番话当即令临济醍醐灌顶,于是乖乖返回大愚处拜谢。

临济和大愚,阮籍和孙登,两番经历何其相似,两个道理异曲同工。在苏门真人和大愚禅师心中,阮籍关于儒道的理解和临济关于佛经的论说,都是一心只向身外求,都偏离了正道。不能够检视和直面自己的内心,不能够身体力行地悟道,却去夸夸其谈、照本宣科地说一些大而无当的玄论,不是在"放不净"又是什么?我便是道,我便是佛,说东说西太离谱,哪里有那么多啰唆!

大愚祭起的棒喝和苏门发出的长啸,都是在漫长的沉默后点燃的烈火,这火烧得正是时候,恰到好处——倘若大愚劈头就喝,苏门脱口便啸,便成了"纸老虎"。所以,胡兰成那段话只可以作猎奇者的比较,有趣则已,惜也少了一声"喝"和"啸"去击中要害。事实也恰如此——禅宗后期四处泛滥的"喝",几乎成了失去效力的抗生素,幸有大慧宗杲站出来截断众流,不然更甚于晋人王子猷同样泛滥的"啸"。

据《世说新语》载,王子猷爱竹也爱啸,可太过于经营表面功夫。遇人家种竹,便"讽啸良久";暂住人家,偏要种竹,也"啸咏良久"。王先生哪里来的那么多讽啸呢?尚不如阮籍在晋文王酒席上那般"箕踞啸歌,酣放自若"更自然痛彻,尽管阮籍心内也有难言之隐。

啸,于古人而言,其实是一种极致的抒怀。《唐语林》卷五云:"人有所思则长啸,故乐则咏歌,忧则嗟叹,思则啸吟。"欢乐和忧愁,都是相对浅层的情感活动,而"思"则出于心灵深处,故而咏歌和嗟叹,都不如长啸来得激越和深沉。除了歌咏、嗟叹,与长啸相提并论的,还有"言"。西晋名士陆机的

《猛虎行》云"静言幽谷底,长啸高山岑",一静一动,一柔一刚,"言"与"啸"既反映了两种不同的抒怀方式和状态,同时也显示出不同的音响特征。唐人孙广所著的《啸旨》称"其气激于喉中而浊谓之言"而其气"激于舌端而清"者谓之啸。

"啸"源于内心隐秘的思想活动,而又激越地表现于无言的外在,或许正因这样一种奇妙的矛盾搭配,使其成为胸怀远志的士人,尤其是乱世中的高人逸士们最倾心的抒怀方式。《三国志》裴注引《魏略》描写诸葛孔明隐居茅庐时的生存状态:

> 亮在荆州,以建安初与颍川石广元、徐元直、汝南孟公威等俱游学,三人务于精熟,而亮独观其大略。每晨夜从容,常抱膝长啸。

诸葛亮的抱膝长啸,并非道家的养生导引之术,更多是儒家式的啸咏明志。同样高卧东山的宰相谢安,也是在不寻常的时刻通过看似不经意间的啸咏,向世人展露出其内心所思的不凡:

谢太傅盘桓东山时，与孙兴公诸人泛海戏。风起浪涌，孙、王诸人色并遽，便唱使还。太傅神情方王，吟啸不言。舟人以公貌闲意悦，犹去不止。(《世说新语·雅量》)

谢安隐居时，常同孙绰、王氏子弟同游。某日出海偶遇狂风巨浪，众人惊慌失色，唯独谢安气定神闲，在这光景竟然站立船头朗声吟啸，船夫见他这等气度，也吃了定心丸，继续驾舟不止。于是人们了解到，眼前这位万事不急的谢隐士，当真是安邦定国的料！

孔明和谢安的长啸从容，正是经典的儒家之啸。那啸声中，有社稷的忧思，更有踌躇的远志。这志向一旦实现，儒家的啸便暂告终结。所以，对儒家而言，出仕和得志与否，实乃啸声之分水岭。得志之前，如《易经》所谓之"潜龙勿用"，怀才未遇，不平则鸣，所以要"啸"，为的是进取，此乃"阳啸"，如刘道真：

刘道真年少时，常渔草泽，善歌啸，闻者莫不留连。有一老姆，识其非常人，甚乐其歌啸，乃杀豚进之。

(《世说新语·任诞》)

老妪是明眼人,她从草泽中打鱼的刘道真的啸声里,听出了他的远志和气魄,她知道这条傲啸的野龙迟早要"飞龙在天"。在此,刘道真的歌啸,跟孔明的长啸和谢安的吟啸,都是这类得志之前的"阳啸",乾阳进取,自强不息;而当儒士失意之后,急流勇退或遁迹山林,便发出另一种儒家之啸:"阴啸",坤阴柔顺,厚德载物。所以连那啸声也不再激越亢奋,转为阴柔和顺,号称"舒啸",比如晋末的陶潜:

登东皋以舒啸,临清流而赋诗。(《归去来兮辞》)

陶渊明登山临水的长啸,纵然清越依旧,也必不同于诸葛亮茅庐之内的抱膝长吟。阴啸以进为退,阳啸以退为进,啸声的音色和气质是截然不同的。所以,后世两位伟大的追随者,也发出了与他们的崇拜者极其相似的啸音:推重陶潜的苏轼和仰慕孔明的李白。

李白的思想同时糅杂着儒家和道教的精神,他一边追求快意放任,一边不忘进取功名,每以匡扶天下为己任的诗仙,直言不讳地追随偶像诸葛先生的后尘。"长啸梁甫吟,何时见阳春？"口中吟啸着孔明的诗篇，诗人希冀着自己仕途的光明。纵使一生不称意，李白的内心也不曾真正退却。"天门一长啸，万里清风来"，登泰山而疾呼，那音色仍然是昂扬的，舍我其谁？

李白爱酒，陶潜也爱酒，但李白的醉酒和长啸，完全不同于陶潜。你看陶潜的《饮酒》诗，醉里长啸，竟也如澹澹低吟："啸傲东轩下，聊复得此生。"宛如醉意阑珊时刻，行将万籁俱寂的耳语，独自念给自己听，如此而已。

所以李白不可能写出恬淡风格的作品，也不可能会"舒啸"的。能够像陶潜那样做的，后世大概只有东坡，尽管他被冠名为"豪放派"词家，与陶潜的"田园派"诗人貌似风马牛不相及。

苏轼吟"早晚渊明赋《归去》，浩歌长啸老斜川"，但他深知那份长啸背后的无奈和消沉。然而，苏、陶可贵之处恰在于，他们令人惊讶地将自己的消极情绪和悲观意识，诗意地消解在恬淡或潇洒的笔触中，大多时候甚至从容到豪迈，而这种豪迈恐怕比李白要自然熨帖得多。

苏轼的那首妇孺皆知的杰构，点亮了后世所有穷途中人们

的眼睛:

> 莫听穿林打叶声,何妨吟啸且徐行。竹杖芒鞋轻胜马,谁怕?一蓑烟雨任平生。
>
> 料峭春风吹酒醒,微冷,山头斜照却相迎。回首向来萧瑟处,归去,也无风雨也无晴。
>
> (《定风波》)

旅途遇雨的经历谁都有,唯独苏东坡写出了那份人生况味和至性至情。坡公潇洒绝伦的笔触,和着一声声从容自若的吟啸,弥散在山间的冷雨里,涤荡于剪剪的春风中。苏轼仕途失意困顿,生涯颠沛流离,可他的啸声里毫无悲怆凄凉。纵然有悲,也不期期艾艾,乃是一股雄伟壮阔:

> 划然长啸,草木震动。山鸣谷应,风起水涌。予亦悄然而悲,肃然而恐,凛乎其不可留也。反而登舟,放乎中流,听其所止而休焉。(《后赤壁赋》)

这声瑰奇崔嵬之啸，不同于陶潜之啸的恬淡冲和，不同于谢安之啸的怡然自适，不同于阮籍之啸的率性狂飙，更不同于李白之啸的汪洋恣肆。这是宋人的啸，是参悟了禅法、反观人生的儒家之啸。这啸声，只有稼轩懂得，辛弃疾这样写东坡：

> 雪堂迁客，不得文章力。赋写曹刘兴废，千古事、泯陈迹。
> 望中矶岸赤，直下江涛白。半夜一声长啸，悲天地、为予窄。(《霜天晓角·赤壁》)

东坡的悲心，稼轩会得。他们两个的胸怀，可容天地，天地却不容他们。有志不获逞也好，造化弄人也罢，满腔豪气，只能交付几声长啸、忧愁风雨。可他们不戚戚，依旧坦荡荡，在逼仄狭窄的天地里，雄伟的灵魂高蹈地声张。

稼轩之外，还有于湖。张孝祥的才力，受制于奸相秦桧，终生难得施展。在他短暂的生命里，人生旅途的某个间歇，张孝祥一瞬间联想起他敬佩的前辈苏轼。因了那同样的静夜，同样的孤舟，同样的风生水起，于湖居士在洞庭湖的波心里也拟仰天长啸：

> 洞庭青草，近中秋、更无一点风色。玉鉴琼田三万顷，着我扁舟一叶。素月分辉，明河共影，表里俱澄澈。悠然心会，妙处难与君说。应念岭表经年，孤光自照，肝胆皆冰雪。短发萧疏襟袖冷，稳泛沧溟空阔。尽挹西江，细斟北斗，万象为宾客。扣舷独啸，不知今夕何夕。
>
> （《念奴娇·过洞庭》）

那一夜洞庭湖中的于湖居士是否真的"扣舷独啸"没有人知道。或许，一切仅仅止于他内心的狂澜和想象，"长啸"大概只是宋人诗文里的点缀而已，诗人经由这样一种方式获得与前代先贤的精神共鸣。这种对前世贤人的仰慕和效仿，令尘世里辗转的身心多少获得些解脱。

宋人的文化精神与晋代遥相呼应，气质都偏于阴柔。张孝祥的另一首词，写自己在山水间长啸，同样洋溢着晋人的风流：

十里轻红自笑,两山浓翠相呼。意行著脚到精庐。借我绳床小住。解饮不妨文字,无心更狎鸥鱼。一声长啸暮烟孤,袖手西湖归去。

(《西江月》)

这"一声长啸暮烟孤",好像琴曲《醉渔唱晚》的剪影,天地人摄合于水光山色之中,其意境神追晋人左思。左太冲最负盛名的《招隐》诗,以高山流水间的隐士自况,轻描淡写间吟啸出千古名句:

非必丝与竹,山水有清音。何事待啸歌,灌木自悲吟。

(《招隐》其一)

左太冲诗,古风犹在,朴素无华;于湖的词,显得精巧,雅致有余而稍乏古拙意态。然而宋人毕竟去古已远,贵在自有新意。就像"宋四家"的书法,固然以"尚意"书风标榜后世,但其思想里还是崇尚晋人的调子,他们每每对晋人笔法心摹手追。蔡襄自不必说,米芾全学"二王",就算最"出格"的黄庭坚和苏轼,也追慕"钟王"不离不弃。宋人是在尊古而不囿于古的基础上开辟新风尚。

宋遥接晋,有如汉影响唐。晋宋的阴柔和汉唐的阳刚,构成了中国传统文化体系的太极。晋代另一位以善啸著称的名士成公绥,《晋书》称他:"雅好音律,尝当暑承风而啸,泠然成曲。"于暑天里承风而啸,竟能发出泠然之音,使人体察到丝丝爽意,晋人之啸重于阴柔由此可见。他又专门写《啸赋》一篇,穷极晋人长啸之妙理。

> 时幽散而将绝,中矫厉而慨慷。徐婉约而优游,纷繁骛而激扬。情既思而能反,心虽哀而不伤。(《啸赋》)

幽散、矫厉、婉约、激扬,晋人之啸,一同于晋人审美性格,落脚点在于"哀而不伤",始终是高士忧思。而盛唐时人却完全没有了哀怨之意,李白偶尔的长啸,只不过是渲染他"天生我材必有用"的宏论高调,太多的诗人早不大知晓何以为啸,因何而啸,恐更不知如何去啸了。大概真正能够拟古长啸的,唯有安于辋川别墅,静心向佛的王摩诘。

独坐幽篁里,弹琴复长啸。深林人不知,明月来相照。

(《竹里馆》)

独坐幽篁,皓月当空,王维慷慨自若,抚琴啸歌。泠泠七弦上,心绪流转,四下无人,唯有竹影林风。

这个时刻的王维,心内大约首先想到了七贤,因为那几个人据说经常结伴啸聚竹林饮酒清谈,操琴啸歌。王戎和向秀辩论不休,山涛冷眼观瞧正襟危坐;刘伶饮到烂醉,早已倒在一旁,阮咸还在拨弄着琵琶;阮籍蹙口长啸,嵇康兀自挥手弄弦,《广陵散》袅袅不绝……又一阵竹风扫过,这些影像和音响蓦地消失了,王维定了定神,继续低头拨弄他的琴弦。

他又想起晋人郭璞的《游仙诗》:"中有冥寂士,静啸抚清弦。"这冥寂士,不正是我王维自己吗?我还要去追求什么呢!昔日的先贤五柳居士,何以要归去来兮?不正是要觅得一份纯粹的自由和逍遥吗?所以他能够临清流而长啸呵!当年苏门真人孙登告诫嵇康,要学会保身正命,嵇中散到底不曾领会,终致荼毒,悲哀呵!老聃不是早就叮嘱世人"国之利器不可以示人"吗?原来如此呵,那阮籍的长啸,不正是他忍辱负重，韬光养晦之外，借以宣泄情志的法门吗！

想到此，王维终于释然，他手下的琴弦铿然有声，如禅师的断喝，如苏门的凤音，如天籁的激鸣。儒呵，道呵，佛呵，众法终要归心呵！王维仰望竹林空悬的那轮明月，忽发一声长啸，啸声里，心底的一叶孤舟已过万重山。他的好友裴迪有诗云：

空阔湖水广，青荧天色同。
舣舟一长啸，四面来清风。(《欹湖》)

清风徐来，水波不兴。啸声尽，意无穷。融合了儒释诸法心相的王维，或许已然悟了长啸的真谛。大音希声，大象无形。纵然是苏门真人旷世绝啸，总摆不脱世间相。在得道的人眼中，啸又与沉默有何不同？这一点，苏门真人自是了然于胸。

南郭子綦隐机而坐，仰天而嘘，苔焉似丧其耦。

(《庄子·齐物论》)

道家的人物南郭子綦，倚几静坐，他抬头向天，张开嘴，嘴里却并无长啸，更没有什么凤鸣，身边的颜成子游只听得微微的音响近乎于无：嘘——好像丧失了形体和生机。可南郭子綦却从自己这嘘嘘声里，展开了一通微言大义："汝闻人籁而未闻地籁，汝闻地籁而未闻天籁乎！"庄子借南郭子綦之口，阐述天下万物齐一视之的观点，不论人籁地籁天籁，终究要法自然，"而一无与于我"。从万籁齐鸣终于万籁俱寂，如"秋空夜静，四顾悄然"，本质归结于无我。

由此可以看出，当年孙登之啸，并非向阮籍展示什么才是真正的长啸，而是一种真诚的开导。明知长啸等同于无言的静默，或仰天的嘘，苏门仍然使用了一次绝顶的啸。这便类似禅宗截断众流的当头棒喝，意在提醒众人；又如巫道卜筮，唤回幽游的魂魄：

招具该备，永啸呼些。魂兮归来！反故居些。

（《楚辞·招魂》）

《楚辞》里的啸，是巫术的手段和仪式，作为形式，其意义大于内容。《后汉书》《列女传》等典籍屡次记载仙道家刘根等使用"啸"的法术呼风唤雨、招魂驱鬼的故事,可见,啸也是道家惯用的一项技能,乃至可以通神。苏门真人的啸则不是这样,他是说最高的道理给阮籍听,是为就近接引之方便法门。

说到接引,又不能不提禅宗。禅师的"口哨"形式很多,除了"喝",还经常作"嘘"声,这种类似南郭子綦的"嘘",意在表示此时无言,不落文字。

> 师栽松次。黄檗问:"深山里栽许多作什么?"
> 师云:"一与山门作景致,二与后人作标榜。"
> 道了,将镢头打地三下。黄檗云:"虽然如是,子已吃吾三十棒了也。"
> 师又以镢头打地三下,作嘘嘘声。黄檗云:"吾宗到汝,大兴于世。"(《临济录》)

临济禅师在山寺里栽种松树,他的老师黄檗禅师就问他:"深山里栽这么多松树做什么?"这话既是寻常语又暗藏禅机,意思是佛法无所不在，就像山里到处都是树，那你还在这卖弄什么。临济就先用生活平常语言来回答，回答完毕挥锄头打地三下，意思是这话我明白但不能不说。老师说虽然你明白禅机，但已经吃了我三十棒了。临济又打地三下，同时作出嘘嘘声，意思是这回我没用文字来回答你。黄檗欣然对他予以最高的肯定。

然而，禅师也并非只会使用"喝"和"嘘"，唐代的大德高僧药山惟俨就在中国禅宗史上演绎过一回千古之啸。对于这次难得一见的"禅啸"，史籍记载颇生动：

师一夜登山经行，忽云开见月，大啸一声，应澧阳东九十里许，居民尽谓东家，明晨迭相推问，直至药山。徒众曰："昨夜和尚山顶大啸。"

（《五灯会元卷五·药山惟俨禅师》）

药山惟俨禅师有一次率徒众登山夜行，忽然间云开见月。老和尚抖擞精神，一声大啸，竟然声传澧阳东九十余里，次日清晨村民们相递寻问，直问到药山寺内方知是惟俨禅师所啸。

韩愈的至交李翱为当地太守，因此为之赋诗："选得幽居惬野情，终年无送亦无迎。有时直上孤峰顶，月下披云啸一声。"

药山长啸，不只是一逞胸中逸气，或许我们可以认为，老和尚正是在应机接引弟子。起始，月被乌云所笼罩，深夜山行，必然一路崎岖。正当时云开月现，好似天机大开，直指人心，"桶底脱尽天地阔"，开出一片新世界。药山随时随地不忘指引徒众，高僧的慧心由此可见。

相比阮籍的"闻数百步"，药山大师的长啸可谓旷绝古今，就算苏门真人也罕能相比。这或许是文史学家的春秋笔法，不能过于较真。然而药山惟俨作为一代大德，其门下确是雄才辈出：道吾宗智、云岩昙晟、船子德诚皆为禅林宗匠，后世子孙不绝。当然，后代衣钵传人兴盛，并不能说明宗师自身现世如何，一切事物及现象都不过沙门的一句"缘生性空"，无非机缘二字。

作为一代艺坛巨擘，晚明的徐文长开创大写意水墨花鸟画风，光耀古今。从扬州八怪到吴昌硕、齐白石，皆钦拜徐渭，甘为"青藤门下走狗"，心摹手追。徐渭后世子孙不可谓不兴旺矣，可反观徐渭一生，穷困潦倒，命运多舛，足使后人发千古之悲。

徐渭的绝世才华无从施展，他把他的悲苦尽数倾泻于白纸黑墨。

已是深秋，院子里的一架葡萄熟了，大红大紫，给破旧的青藤书屋增添了些许的亮色。徐渭百感交集，他在西风里泼墨，速度极快，提、按、顿、挫、勾、勒、擦、染，那架葡萄被他移到纸上，水墨淋漓。徐渭站在画案前发呆——画里的葡萄和架上的葡萄，精神世界里恣意畅游的徐渭和现实中困顿落魄的徐渭，到底哪个是真哪个是假？

他踱到院子里，风吹得更峻烈了，掀起了他褴褛的布衣。徐渭忽然笑起来，仰天大笑，紧接着是啸，长啸，啸声未绝，他猛然转回身，往屋子里紧走几步，再次抓起笔，在画面上题诗，题得还是那样快，题好了，诗云：

半生落魄已成翁，独立书斋啸晚风。

笔底明珠无处卖，闲抛闲掷野藤中。（《题葡萄图》）

洗
朱

绮窗

故人自故乡跋涉而来,王维为他接风洗尘。主客对饮,这一刻,耳畔唇角尽是熟悉的乡音,无数的思绪在诗人心底升腾缤纷,可那些温情的琐屑涌到嘴边,吐出来的却是如此轻描淡写的一句:

来日绮窗前,寒梅著花未?(《杂诗》)

这不是一首咏梅诗,诗人并非在想念梅花,而是借由一枝寒梅的剪影在心中勾出一扇熟稔的窗,梅影身后,那扇窗之所在是诗人的家。

古人对窗牖的情怀,其意义非比寻常。一扇窗,犹如一个画框,一个银幕,镶嵌或播放着居室主人的浮生所记,儒士的日常悲欢就在其中回放和上演。少年时代的读书生涯号称"十年寒窗"自不必说，就算从生到死，生命走向终结的那一刻，陪伴他的仍是那片户牖——所谓"老于户牖之下"，正是寻常意义上人生的终点。

就个体来说，士的使命结束了，但儒家的思想却并未在此止步。圣人孔子就在一扇窗下，表现了他与凡人的不同。

> 伯牛有疾，子问之，自牖执其手，曰："亡之，命矣夫！斯人也而有斯疾也！斯人也而有斯疾也！"（《论语·雍也》）

冉伯牛患了重病，将不久于人世，老师去探望他，却并不进屋，只是隔着窗户握着他的手，不胜悲戚。孔子探病为何站在窗外？这个看似简单的事件，意味远不那么简单。先看《礼记》：

> 疾病，外内皆扫。君、大夫撤悬，士去琴瑟。寝东首于北牖下。（《礼记·丧大记》）

这段话大意是说，士人生了病，家人要清扫房舍，撤去琴瑟这些乐器，让病人头朝东，卧在室内北侧的墙下。头要朝东，东方寓意生长，是为了病人能早日康复；卧北墙下，是因为南面开窗而光亮，北面则深静，利于休息。但倘若国君来探望，作为臣子的士人则应该暂时移至南侧，也就是卧于南窗下。使得君主能南面而视之，这样才不失礼仪。

当冉伯牛听说老师要亲自来看望他的时候，赶紧让人将自己移卧至南窗下，因为在伯牛心中，老师孔子就如同自己的父母和君主，他必须要用接待国君的礼节来对待孔子。而孔子呢，一下就看明了学生的心意，心里的悲恸自然更深了一层，礼仪却不可失去，孔子不便入室，于是就出现了上面的一幕。

儒家精神最入世，也最具人情。在情感和理智之间，如履薄冰，守持着中庸之道。在孔子及其门人眼中，一窗一牖，一草一木，都关乎仁义礼智信，都可以是道德秩序和社会价值的标准。从另一个方面来看，严格意义上的儒家哲学的"户牖"实在太沉重了，因为太沉重，也就少了心灵的自由和轻松。

说到底，窗户毕竟只是窗户而已，窗户的发明正是为了生活的舒适安逸、人与自然的亲近和谐，也恰印证了中国人思想中"天人合一"境界之追求。从杜甫的"窗含西岭千秋雪"到纪昀的"开牖有时邀月入",古往今来的中国人始终享受着凿一室之牖的怡然自得。

凿户牖以为室,当其无,有室之用。

(《老子·第十一章》)

老子常常说起户牖,但心里并不怎么把它们当回事,他只是拿来作譬喻,阐释道家"有之以为利,无之以为用"的观点,与美学无关,与享乐无关,与精神层面的东西也无关。但到了庄子那里,什么户牖不户牖,有利和有用,统统丢在一旁,推进而为追求绝对的精神自由。到得魏晋时代,狂士狷生,不管儒道,不在意居室户牖,干脆"天以为幔,地以为床",任性逍遥。这便甩脱孔门,不顾老聃,跑向另一个极端。

西晋名士陆机的"安寝北堂上,明月入我牖",尚是闲居光景的遣闷,古意醇厚,不失中和。然而晋人的放任旷荡,毕竟弥散成风,即使在做学问这件事上也能看出端倪——晋人打骨子里是瞧不起任何细枝末节的雕镂和专营的,只要那些身外物成为心灵自由哪怕一丝一毫的羁绊。

> 北人看书如显处视月，南人学问如牖中窥日。
>
> (《世说新语·文学》)

这是支道林评判南北人治学差异的名言。大意是北方人学问粗放，博而不精；南方人学问细腻，专而不广。这也是历来国人对于南北文化差异的无意识成见，譬如中国画中著名的南北宗理论即如此。但董其昌及其后人关于南北宗的论调，大抵旨在褒南抑北，因为董辈乃是南人一派。晋代的支道林则不然，身为名士兼沙门中人，他的这句话其实是给双方各打一棒。

换句话说，支道林既觉得北人治学太"空"，又深感南人治学太"色"，两下里都不称人意。但一个"窥"字，或可读出其对南学作法的微微轻视——不觉得太小家子气吗！

然而，对"窥牖"的做法予以彻底否定的，还当属道家的老聃。

> 不出户，知天下；不窥牖，见天道。(《老子·第四十七章》)

这句话中老子所说的"出户"不只是走出家门,而是行万里路;"窥牖"也不仅是对着窗户发呆,而是盯着窗户向外不住地观瞧察看。老子坚决批评这两种做法,并补充了一句:"其出弥远,其知弥少。"——这就完全颠覆了当代人的思想和行为。

当代人每天上班和出差,乃至留学和旅行,论"出户",远超过古人;至于老子所谓的"窥牖",在今人这里其实便相当于看电视和上网。古人茅舍木楼,临窗便是风花雪月、过往行人,现代都市的楼群,哪有"牖"可窥?无非看着电视屏幕和方寸电脑,主动或被动地获取如潮的信息。

但老子对这些统统严加批判,他认为我们的心智活动如果向外驰求,必将使思虑纷杂,精神漫漶,而对外在经验的过分依赖,必然造成对内心直观反省的疏略和无能,最终导致心灵的轻浮和躁动,而浮躁的心灵是根本不能洞察外界事物的本真的。

这就是道家崇尚的清心寡欲,去伪存真。在老子眼中,出不出户,窥不窥牖,都无关紧要,因为那些"户牖"只是人为的虚构,是欲念的屏障。道家这种"务虚"的识见,同样存在于佛学之中。

且看禅宗里"蜂子投窗"这则公案：

> 本师又一日在窗下看经，蜂子投窗求出。师视之曰："世界如许广阔不肯出，钻他故纸驴年去！"遂有偈曰："空门不肯出，投窗也大痴。百年钻故纸，何日出头时？"
>
> （《五灯会元卷四·古灵神赞禅师》）

据《景德传灯录》载，唐代神赞禅师最初在福州大中寺受业，后行脚得遇百丈怀海禅师而开悟，于是返回大中寺为受业师父说法以报师恩。

某日，受业师父正在窗下看经书，窗前一只蜂儿钻窗纸欲出而不得。神赞于是说道："世界如此广阔不肯出，盲目钻那故纸堆，驴年马月能出得去！"这话一语双关，老和尚闻听此言猛然惊悟，放下经书问道："你行脚遇到什么人了？我看你如今说话与以往大不相同。"神赞这才将经过告诉恩师，于是登台说法，本师及众人据此进而得道。

本师的看经、蜂子的投窗和常人的窥牖一样，方式有异，本质无多不同。神赞禅师提示本师莫要穷钻经典，执着教义，而当直指人心，见性成佛，这与老子告诫人们不必"出户窥牖"的道理实同为不二法门。

不论通过书籍、电视还是自家的窗子去了解外面的世界，都不如审视内在的本心来得彻底和直接。因为外界的信息是不可穷尽的，但它们运行的规律却是古今中外皆同，而操纵和顺应那规律或"道"的只能是每个人的内心。在清澈澄明的本心面前，一切实相的有都是无，一切空相的无也都是有。

《心经》所谓"色不异空，空不异色""色即是空，空即是色"说的也无非这个道理。老子没有明言，但实际上早已把读者眼中的"户牖"打破了。所以，心中有"窗"的人，是不曾读懂老子的，不管那扇窗是开是合。

但常人的心中，到底是有窗的——不是禅门的窗，不是老子的窗，更不是孔子的窗。清代学者朱彝尊曾撰有一副楹联，写的是：

不设樊篱，恐风月被他拘束；
大开户牖，放江山入我襟怀。

大开户牖，开的是门窗，也是心窗。居室无窗，即成囹圄；心灵无牖，便是庸人。《三国演义》的经典章节"三顾茅庐"，讲到刘皇叔侍立阶下良久，那孔明徐徐醒来，开口吟诗，便是"草堂春睡足，窗外日迟迟"。高士高卧户牖之下，心灵却与牖外相通，谢安的高卧东山也好，孔明的高卧隆中也罢，他们内心的牖从未封锁，一旦时机来临，立马"大开"。

心中有窗，心即是牖，又何须窥牖乃知天道！李白高吟"东山高卧时起来，欲济苍生未应晚"，那是李白的沉醉和想象——真正"济苍生"的高士从未沉醉，真正"高卧"的隐者永不会"起来"。

所以明代董其昌的挚友陈继儒，朝廷屡招不就，兀自过自己优游卒岁的散淡生活。陈高士自是高人，拈毫著书，题名便作《小窗幽记》，他是明白牖下之乐的人。一扇小窗，便成就了士人的幽情，何乐而不为？

而明末清初的艺术巨擘八大山人，纵然遭遇国破家亡之痛，磨折之后，也并非像世人假想得那般疯癫哭笑，他内心的幽静，通过他心灵的户牖从容地释放，写就一纸扇面，书法恰是那般清雅和穆，文字是那样宁静雍容：

净几明窗，焚香掩卷。每当会心处，欣然独笑。

窗牖，无非是文人感悟生命和自然的媒介。《淮南子》写道，"夫户牖者，风气之所从往来"，隔着一扇窗，窗内的主体精神和窗外的客体物象，悄然完成了水乳交融的默契和往来。于是文人的笔下，便常有梅兰竹菊那些人格化的品物；而高士卧游千山，仰仗的正是户外的清风和窗前的明月。

"竹风醒晚醉，窗月伴秋吟""微风惊暮坐，窗牖思悠哉""闭门读书史，窗户忽已凉"，都是唐人牖下吟哦的诗句。我们可以想象古人的户牖之乐：花前月下，静坐读书；更有良人作伴，红袖添香，于是那一切都成为永恒难灭的浮生记忆。

浪漫的诗人李商隐，当时独对巴山夜雨，遥想家中的爱人。相思的愁苦和甜蜜，裹挟在异乡无尽的夜雨中，脑际萦绕的往事接连不断，然而定格处，正在家中那扇窗牖和牖下的烛影摇红：

君问归期未有期，巴山夜雨涨秋池。

何当共剪西窗烛，却话巴山夜雨时。(《夜雨寄北》)

夜、雨、秋山、烛影，在一扇窗上播放着亦真亦幻的映像，那些映像都是关于女子的。

女子和户牖之间的意象关联，早已有之。汉乐府《古诗十九首》中的一篇开笔就是："盈盈楼上女，皎皎当窗牖。"如一幅版画，简静深沉。随后，南北朝时期的乐府《木兰诗》刻画脱去戎装的木兰"当窗理云鬓，对镜帖花黄"，美好的女子和明媚的窗牖，照亮了读者焦灼的眼。当韶华流逝，风云变幻，人生的苦难无情地雕镂于易安居士敏感的心间，女诗人笔下的窗牖，消退了繁华的色彩和晏居的温泽，只余下黑暗和愁闷：

寻寻觅觅，冷冷清清，凄凄惨惨戚戚。乍暖还寒时候，最难将息。三杯两盏淡酒，怎敌他，晚来风急。雁过也，正伤心，却是旧时相识。

满地黄花堆积，憔悴损，如今有谁堪摘？守着窗儿，独自怎生得黑。梧桐更兼细雨，到黄昏，点点滴滴。这次第，怎一个愁字了得！（《声声慢》）

这是女子窗前的自写。倘若这写照由伤心的男人去完成，

又是何样的滋味和颜色——那份对故妻的无尽思念,只有苏东坡蘸泪的笔才更令人动容:

十年生死两茫茫,不思量,自难忘。千里孤坟,无处话凄凉。纵使相逢应不识,尘满面,鬓如霜。

夜来幽梦忽还乡,小轩窗,正梳妆。相顾无言,惟有泪千行。料得年年断肠处,明月夜,短松冈。(《江城子》)

苏轼意想中的妻子,仍是守着家里的那扇窗。在梦里,在他们夫妻无比熟稔的户牖下,两个人重温着旧日的欢愉。曾经,爱妻每日里的那个时分,"小轩窗,正梳妆",而今梦中醒来的苏轼,推窗怅望,只见得窗前明月,只余下埋葬故人的松冈。

人生无我亦无常。合上一扇窗,仿佛旧梦仍在;推开那扇窗,万物顿化为空。或者万物本无所谓有,也无所谓无。摩诘居士放下手中的经书,站起身,走过小窗,来到屋门前,他料想接下来的景象将让此刻的自己怦然心动:

隔牖风惊竹,开门雪满山。(《冬晚对雪忆胡居士家》)

尺

素

木心有一首诗广受追捧,诗题很有意思,叫《从前慢》:"从前的日色变得慢,车、马、邮件都慢。一生只够爱一个人。"这种对过往的无条件迷恋,是一个永不衰败的文学母题,在浮躁的时风下大概更容易引得人们心中的共鸣。"一生只够爱一个人"逻辑和事实上都不见得成立,但"慢"是真的。是呵,从前是真慢:一出门便是关山万里,一登程便是几度春秋;始于少年得志,终于告老还乡。

所以翻开古诗文,满纸都是思乡的游子、怀人的闺妇、漂泊的倦客、憔悴的爱人。如何排解这份愁苦,寄托这份思念?全靠一样东西:书信——虽然,"车、马、邮件都慢"。

洛阳城里见秋风,欲作家书意万重。

复恐匆匆说不尽，行人临发又开封。(《秋思》)

这是唐人张籍的名篇，二十八个字写尽了千古归思、一纸亲情。家书，是人世间最温情的字眼，古今概莫能外。战乱中的杜甫，在残破的春光里沉吟："烽火连三月，家书抵万金。"在月夜怀想舍弟："寄书长不达，况乃未休兵。"动荡的岁月里，邮件比从前慢得还要慢，于是岑参干脆不写信："故园东望路漫漫，双袖龙钟泪不干。马上相逢无纸笔，凭君传语报平安！"(《逢入京使》)

写给家人的是家书，写给爱人的是情书；建立关系的叫聘书，解除关系的叫休书；想搞事情就下战书，不想搞了就写绝交书……单单一个书信，名目之繁多足令人眼花缭乱，此所以谓文明古国、礼仪之邦。

现在我们说"书信"这个词，已经很习惯，但起初，书、信二字却有着不同的含义。"书"指信件；"信"却是指信使，用今天的话说，就是邮差、快递员。大约自晋代开始，书、信才构成一个词语。而到了唐代，"书信"的现代含义已经固定下来，而且"信"也可以用来指信件了，如元稹诗"老去心情随日减，远来书信隔年闻"。然而，在浩繁的诗文歌赋里，"书信"出现的频率并不算高，这是由于它被另外一些同义词代替。也许是诗人嫌它太过直白，相形之下，尺素、鱼雁、双鲤、彩笺、锦字……这些书信的别称显然更富有浪漫的色彩，而且典雅、委婉和含蓄。

先说尺素。大家知道，造纸术推广之前，我们的祖先使用木牍、竹简和绢帛。书法史上，把秦汉时期这些书写于简帛之上的字迹称为"简帛书"。为实用方便，这些书写材料都很短小，不论竹简还是布帛，大多长约一尺。所以写在竹木之上的，叫作尺牍；而写于绢帛之上的，则称为尺素。

西晋陆机在《文赋》中写道："函绵邈于尺素，吐滂沛乎寸心。"盛唐名相张九龄诗云："委曲风波事，难为尺素传。"有"五言长城"雅号的刘长卿送友人："尺素能相报，湖山若个忧。"南宋大诗人陆游的《闭户》诗云："尺素杂行草，往檄江梅春。"另一位大词人辛稼轩，作《满江红》一阕云："尺素始今何处也？彩云依旧无踪迹。"明代大儒王阳明有诗云："尺素屡题还屡掷，衡阳那有雁飞回。"直至清代，多情才子纳兰容若，在其《临江仙》词中也唱曰："拟凭尺素寄愁边，愁多书屡易,双泪落灯前。"……可见"尺素"入诗,自晋唐至今,不胜枚举,代不乏人。那么,书信又何以别称双鲤和鱼雁呢?

中国人历来对大雁这种飞禽有着分外的敬意和好感。先秦时代男女通婚纳采必须用雁,男方用大雁作为聘礼赠给女方以示诚意,这就是礼仪。后世降级用鹅了,已经多少失礼;再到如今变成车了,可谓斯文扫地……闲言少叙,大雁之所以被尊崇,首先是因为它们奉行一夫一妻制,而且忠贞不渝;其次,作为候鸟,每年北去南归,从不失信;最后,雁阵行进中,长幼有次,行伍有序。在我们祖先看来,大雁的这些表现正是仁义、守信、有礼的象征,这种"信鸟"当然是值得相信的。而大雁直接与书信挂钩,更主要是源于苏武牧羊和鸿雁传书的典故。

> 汉求武等,匈奴诡言武死。后汉使复至匈奴,常惠请其守者与俱,得夜见汉使,具自陈道。教使者谓单于,言天子射上林中,得雁足有系帛书,言武等在荒泽中。使者大喜,如惠语以让单于。单于视左右而惊,谢汉使曰:

"武等实在。"(《汉书·苏武传》)

汉昭帝即位后,请匈奴释放苏武,匈奴却谎称苏武已死。后来汉使又到了匈奴,苏武的副使常惠与之密会,教他跟单于说:"汉天子在上林苑狩猎,射得大雁,雁脚上系有一封书信,信上说苏武等人就在北海。"汉使大喜,于是用这些话责问单于。单于大惊,立刻道歉,最终放归了苏武、常惠等人。

自此,作为信使的鸿雁正式登上历史的舞台,并很快成为"书信"的头牌代言人。唐代王翰的《游雁湖》"停车欲问当年事,尺素何由到上林"、宋代张元幹的《临江仙》"上林消息好,鸿雁已归来"都是直接用典;而比之更早的北周诗人,与庾信齐名的王褒所作《燕歌行》有句"试为来看上林雁,应有遥寄陇头书"更是直陈其事。更有意味的是,据《周书·王褒传》所载,处士周弘让给王褒的一封回信中,有这样两句:"犹冀苍雁赤鲤,时传尺素;清风朗月,俱寄相思。"

王褒诗中用雁,周隐士给他回信,不但用雁,连鱼都用上了。鱼又是怎么跟雁扯上关联的呢?我们来看汉乐府诗《饮马长城窟行》。其中有这样几句:

客从远方来，遗我双鲤鱼，呼儿烹鲤鱼，中有尺素书。

诗中的"双鲤鱼"并非指现实中的鲤鱼，而是古代用来装信件的木函。木函由两块鱼形的木板制成，上面为盖，下面为底，鱼目为孔，合并起来封以封泥，起到对书信保护和保密的作用。说白了，就是今日的信封。然而由于这种古老的信函制式形象而生动，后世遂多以之为书信的雅称。

苏轼诗"漫遣鲤鱼传尺素，却将燕石报琼华"，秦观词"驿寄梅花，鱼传尺素"，说的都是书信；当然还有李商隐的名篇《寄令狐郎中》："嵩云秦树久离居，双鲤迢迢一纸书。休问梁园旧宾客，茂陵秋雨病相如。"诗人们提到书信，有时用鱼，有时用雁，更多时候却是鱼雁并举。比如，骆宾王《忆蜀地佳人》："东西吴蜀关山远，鱼来雁去两难闻。"戴叔伦《相思曲》："鱼沈雁杳天涯路，始信人间别离苦。"周邦彦《瑞鹤仙》："鱼雁沈沈无信，天涯常是泪滴。"关汉卿《大德歌·春》："一春鱼雁无消息，则见双燕斗衔泥。"唐寅《落花诗》："倘是东君问鱼雁，心情说在雨声中。"……

随着"鱼雁"意象在历代文学文本中不断被运用和强调，

这一词汇的内涵日益稳定和牢固；于是，"鱼雁"的另几种说辞，或者说它的"变体"也偶尔涌现出来。比如，晚唐传奇女诗人鱼玄机的《期友人阻雨不至》，其中有句"雁鱼空有信，鸡黍恨无期"。诗人不用通行的"鱼雁"，而用"雁鱼"，却丝毫不妨碍读者的理解，这固然是格律诗平仄对仗的要求使然，但"鱼雁"一词作为意象符号早已深入人心才是最本质的原因。再比如秦观那首著名的《鹧鸪天》：

> 枝上流莺和泪闻，新啼痕间旧啼痕。一春鱼鸟无消息，千里关山劳梦魂。
>
> 无一语，对芳尊。安排肠断到黄昏。甫能炙得灯儿了，雨打梨花深闭门。

这是一首闺怨词。清晨窗外的莺啼再次惊扰了女子的春梦，她日日夜夜反反复复梦的是什么呢？是千里之外的夫君——整整一个春天过去了，远行的他却音信皆无。女子只能在梦中与之相会，却一次次在甜蜜与感伤的幻境中哭醒。醒后，眼前的一切依旧。于是从拂晓到黄昏，女子对着梨花细雨，在孤灯下借酒浇愁。"一春鱼鸟无消息，千里关山劳梦魂。"词人不说"鱼雁"而偏说"鱼鸟"，此处绝非信笔，因为从格律的角度而言，词人完全可以用更为通行的"雁"（二字皆仄声），可他为什么要用"鸟"呢？

首先，如前所言，"鱼雁"的固定意象已深入人心，毋庸多言读者也心知肚明，词中的"鸟"便是"雁"；其次，所谓秋雁南归，大雁总是与秋季有更直接的意象关联，而此间女子思夫乃在暮春，故笼统地说"鸟"更与词境相恰；再次，开篇首句"枝上流莺和泪闻，新啼痕间旧啼痕"，已然有黄莺在先。黄莺是鸟，大雁也是鸟，由眼前的此鸟（莺）联想过渡到彼鸟（雁），语气更为妥帖，语意更为自然，是以少少许胜多多许，四两拨千斤之法，看似浑不着力，却力透纸背，刻骨铭心。

无论是鱼玄机的"雁鱼"，还是秦观的"鱼鸟"，都是在字词顺序或同义替代上做文章，"鱼""雁"从字义角度来讲还是紧密相连的；而下面两个作品，却是又一种变格：

芳桂当年各一枝，行期未分压春期。
江鱼朔雁长相忆，秦树嵩云自不知。

下苑经过劳想像，东门送饯又差池。

灞陵柳色无离恨，莫柱长条赠所思。

（《及第东归次灞上却寄同年》）

三年官局冷如冰，炙手权门我未能。

赖与白云之隐者，不谈黄卷即寻僧。

萧萧帘箔风披竹，草草杯盘雪洒灯。

尘土浮游浸相远，吴鱼燕雁两难凭。

（《留别张白云谋父》）

李商隐"江鱼朔雁"、贺铸"吴鱼燕雁"，二子作法，是将"鱼雁"切割开来，并分别冠以定语。这种作法，一方面足以令鱼、雁生色，带上两个字各自独特的个性和情调，使字汇更具感染力；另一方面，鱼雁"解构"之后，作者可以按照自己"诗言志"的想法和企图重新组织文字和语言，让"鱼雁"活泼起来，随诗人的灵感和情思一道，鱼跃雁飞，任意驰骋。比如，贺铸的诗，"尘土浮游浸相远，吴鱼燕雁两难凭"，"吴鱼"在江南，"燕雁"在河北，含蓄生动地表达了与友人身隔万里，却惺惺相惜之深情；而李义山的诗，"江鱼朔雁长相忆，秦树嵩云自不知"，不但"江鱼朔雁"捉对并举，"江鱼"和"秦树"，"朔雁"和"嵩云"又分别成对，妙不可言。

综上所述，不管"雁鱼"也好，"鱼鸟"也好，抑或"江鱼朔雁"，还是"吴鱼燕雁"，都仍是在"鱼雁"二字组合基础上的微调。然而，唐代杜甫有一首诗，将"鱼"与"雁"分别置于同首诗歌的两个不同诗句下。这般不嫌重复啰唆甚至有些"铺张浪费"的作法，出现在炼字如金的老杜笔底，实在让人惊讶。诗云：

> 安稳高詹事，兵戈久索居。时来如宦达，岁晚莫情疏。
> 天上多鸿雁，池中足鲤鱼。相看过半百，不寄一行书。
>
> （《寄高三十五詹事》）

这首诗是杜甫写给高适的，我们先说一下此诗产生的背景。唐至德三年（公元758年）二月前，平叛有功的高适为权宦李辅国所妒，被降为太子少詹事。而杜甫也于乾元元年（公元758年）六月，受房琯案牵连，由左拾遗被贬为华州司功参军。高适少壮沉沦，中年始得志，随名将哥舒翰建功立业，仕途原本一路青云直上；而杜甫则始终压抑坎坷，沉于下僚。作为诗友，二人相交已久，如今同为天涯沦落人，杜甫便写诗宽慰他，并恳切地表达彼此要多加往来的希望。

"安稳高詹事，兵戈久索居"，杜甫先给老友戴高帽："您看现在您当着太子詹事，又不用带兵打仗，多清闲呐，安稳过生活才是王道嘛！"随之加以安慰："时来如宦达，岁晚莫情疏。"意思是说等到时来运转，就又风生水起啦！不过越是往后，老朋友之间越是应当多亲近才对啊。那么如何多亲多近、不让情疏呢？"天上多鸿雁，池中足鲤鱼"，意思很显然，多写信啊！"相看过半百，不寄一行书"，都是五十来岁的人了，作为故友，怎么能许久连一封信都没有呢？您不能只顾忙着建功立业啊！

老杜是有些许浅责了。正是基于情感表达的需要，老杜连用了两句话、两个书信的代称——"鸿雁"和"鲤鱼"来强调这份迫切的心情以及这件事的重要性：多写信、多写信、多写信！重要的事说三遍，就是这个意思。

杜甫还有一首诗更为著名,是写给诗仙李白的。诗云:

凉风起天末,君子意如何?鸿雁几时到?江湖秋水多。文章憎命达,魑魅喜人过。应共冤魂语,投诗赠汨罗。

(《天末怀李白》)

这首诗的创作时间是唐肃宗乾元二年(公元759年),也就是杜甫给高适写信之后的来年秋天。老杜是实诚人,对所有朋友都很关心;去年刚安慰完高适,今年又牵挂起李白了。因为李白也犯事儿了。

其实李白在公元757年就犯事儿了,事儿还不小:谋反。彼时,失意的诗仙走投无路,好不容易得到永王李璘的赏识而入了幕府。李白以为自己终于要发光了,兴奋之际一口气写下《永王东巡歌》组诗十一首,抒发建功报国的激情。然而,天真的诗人哪里知道李璘要造反;随着永王瞬间被灭,诗仙也锒铛入狱,后经过多方求情才免了死罪,被判流放夜郎。乾元二年(公元759年)初,在三峡流放途中,幸遇天下大赦,诗仙回到江陵,并在途中写下了《早发白帝城》那首千古绝唱。

然而，如此震古烁今的绝唱，杜甫竟然没听到——因为"从前慢"。老杜只知道诗仙受永王牵连而入狱被流放。春去秋来，这个流寓秦州的少陵野老，一天天还在饥肠辘辘地为老大哥李白担忧。此前，他已经写过《梦李白》二首，如今，他依然苦苦等候李白的"鱼雁"，可惜他永远没能等到。重获自由的两年时间里，李白如脱缰的野马四处遨游，一边遨游一边蹭饭；杜甫写的信，一直在诗仙的屁股后面追，追也追不上，追上也来不及——公元762年，贫病交加的诗仙再也游不动、蹭不动了，如星辰坠落，结束了传奇而坎坷的一生。

"鸿雁几时到"是杜甫对李白的期盼；"江湖秋水多"是杜甫对李白的担忧。有人以为"'江湖水多'，鲤不易得"，真是可发一笑——并非提到书信就一定要用"鱼雁"；也不必鸿雁出现之处，一定就要有鲤鱼。须知得鱼忘筌而已。

北宋晏殊、晏几道父子格外钟情用"鱼雁"。父曰："鱼书欲寄何由达，水远山长处处同。"子曰："关山魂梦长，鱼雁音尘少。"父曰："欲寄彩笺兼尺素，山长水阔知何处。"子曰："欲尽此情书尺素，浮雁沉鱼，终了无凭据。"

晏殊提到的"彩笺"，是一种染色的信纸，也被用作书信的代称。由于女性喜色彩鲜艳,"彩笺"也最受女子青睐,如著名的"薛涛笺"。故而"彩笺"更多暗喻女子所书,或与女性通信之婉称,于是又有了感情色彩,经常用于夫妻和情人之间。与之相似的还有"锦书""锦字","锦"是形容书信的华美,都和"彩笺"意象相近,与情爱密切相关。"锦书"寓意情书,如陆游的《钗头凤》"山盟虽在,锦书难托"、李清照的《一剪梅》"云中谁寄锦书来,雁字回时,月满西楼"都是流芳不朽的名篇。"锦字"亦然,如李白《秋浦寄内》"开鱼得锦字,归问我何如"、纳兰容若《清平乐》"塞鸿去矣,锦字何时寄"都是关于爱人的。

从前慢,误事;如今快,误人。唐诗说:"岭外音书绝,经冬复历春。近乡情更怯,不敢问来人。"网络时代,音书是绝不了的,心气是越发地怯了,至于人情,恐怕几乎淡漠到荒芜。情义二字,鱼沉雁杳;彩笺尺素,从此绝矣!

西楼

先看卞之琳：

你站在桥上看风景，看风景的人在楼上看你。

明月装饰了你的窗子，你装饰了别人的梦。（《断章》）

有桥，有楼，有窗前明月，一首现代诗包含的却全是传统诗歌的意象。诗中的"楼"一定是小楼，都市里鳞次栉比的摩天巨厦了无诗意。古时候的楼同样或大或小，但都有诗境——小者幽雅，称为小楼；大者壮阔，唤作高楼。

高楼且不论，但说小楼。

小楼一夜听春雨，深巷明朝卖杏花。

（《临安春雨初霁》）

这是放翁的名句。诗句好，好诗句是能调动读者感官的，越高级的作品可以调动的感觉越多。陆游这一首：湿漉漉、香喷喷、鲜艳艳、暖融融、亮堂堂——色、声、香、味、触齐了，能说不是好诗？作好诗也如建好楼，须选好诗材，作者遣词造句的功夫便在于此，字与句的搭配重组要和谐，始有生气缓缓流出：春雨杏花呼应着小楼深巷，仿若精彩蒙太奇镜头叠放，稍微一换则大煞风景，"危楼一夜听春雨，大街明朝卖杏花"成什么样子？

汉语文学实在高妙绝伦。拈出"小楼"这个词汇来，放在不同的语句里，便生出无数各异的诗境。陆游的那句是明丽的，梦窗这句却洋溢着香艳的脂粉气，"情如水，小楼熏被，春梦笙歌里"（《点绛唇》）；到了李后主眼底，则是一片摧心折肝的凄恻惨婉，"小楼昨夜又东风，故国不堪回首月明中"（《虞美人》）；而鲁迅拈起笔来一挥，又成了逆风而飙的洒脱，"躲进小楼成一统，管他冬夏与春秋"（《自嘲》）。

风情万种的小楼隐现于古往今来的诗篇中，诉说着人们的喜怒哀愁。然而古诗里更常见的是另一种楼：西楼。还是李后主：

无言独上西楼，月如钩，寂寞梧桐深院锁清秋。

剪不断，理还乱，是离愁，别是一般滋味在心头。

(《相见欢》)

好诗必须干净。跟书法一样，下笔没有多余动作，点划以一当十，穷尽一笔之妙，绝不矫揉，造境方出。诗文也如此，几个字，一句话，情景已在人眼前，扣到人心最深处。没有冗余之笔，没有累赘之言，画面简洁无尘杂。独上西楼、月如钩、梧桐深院、锁清秋——句句凄清幽冷，宛如握笔勾勒、皴染于素笺之上。闻道相合处，诗文书画本无差别。

回头再来读词。当时的李煜可能确实独上西楼，也可能并无西楼可上，无非是百感交集，沉吟想象，寄托离愁别绪、故国忧思。"西楼"不是实指，而是一个若有若无、虚实之间的概念化意象，或者说，西楼就是一个似是而非（paradoxical）的意象。

西楼开始常与月相连，所谓"西楼望月"，唐人张籍的同名诗写道："城西楼上月，复是雪晴时。寒夜共来望，思乡独下迟。幽光落水堑，净色在霜枝。明日千里去，此中还别离。"

而更知著的诗句来自韦苏州：

> 去年花里逢君别，今日花开又一年。
> 世事茫茫难自料，春愁黯黯独成眠。
> 身多疾病思田里，邑有流亡愧俸钱。
> 闻道欲来相问讯，西楼望月几回圆？（《寄李儋元锡》）

"西楼"似乎是诗人们旧日生活情景的写照，是登临处，是欢聚场，是行吟所在，然而又都不是。它可以是故乡的小楼，也可以是情感的码头，是思念和遥想的地方。心灵可以在西楼小憩勾留，又何必真有？来看这句：

> 雁横南浦，人倚西楼。（《风流子》）

南浦、西楼俱是相思之苦、离愁别绪的意象。"南浦"出自屈原《楚辞》："子交手兮东行，送美人兮南浦。"代指送别之地。南朝江淹的《别赋》则写："送君南浦，伤如之何。"这是对屈原的引用。张耒造境，联系起雁阵和南浦、幽人和西楼，只因为这些都是倾吐别离和相思的象征物。

等到婉约派大家李清照，更以神来之笔，于轻描淡写间完成了这一经典意象的塑造。

> 红藕香残玉簟秋，轻解罗裳，独上兰舟。云中谁寄锦书来？雁字回时，月满西楼。
>
> 花自飘零水自流，一种相思，两处闲愁。此情无计可消除，才下眉头，却上心头。(《一剪梅》)

一句"雁字回时，月满西楼"，女性敏感细腻的才思和深情尽注笔端，点染成皓月素晖，烘托出西楼寂寞的剪影。荷塘月色下，兰舟独坐，雁字西楼上，花落水流。美景良辰，反衬女诗人相思之苦，貌似不动声色，声色却在眉头心上，默默独愁中。自古写有情人相思之句，至易安可为观止了。

写"西楼"好在引一个"满"字与之相配合上。唐人"西楼望月"，尚嫌直白粗粝，宋人"月满西楼"，主人公仿佛置身事外，让明月去"填满"西楼的空虚，这才叫好。于是，不光明月，其他一切的自然、一切的风花雪，都可以去填满那记忆中的西楼。

南宋词人周紫芝的两首词,分别让西楼置身于臆想中风云雨雪的气氛里,诗意和况味便都略有了不同。

一点残红欲尽时,乍凉秋气满屏帏。梧桐叶上三更雨,叶叶声声是别离。

调宝瑟,拨金猊。那时同唱鹧鸪词。如今风雨西楼夜,不听清歌也泪垂。(《鹧鸪天》)

这首词格调不算高,无非在写骚人对一名歌女的思念,但前面数句回忆铺陈之后,忽然下笔陡转,一句"如今风雨西楼夜",今昔比照,恍如彩色与黑白,让人随之感慨流年有恨,掩卷不觉叹息。这是"风雨西楼",再看"雪满西楼":

江天云薄,江头雪似杨花落。寒灯不管人离索。照得人来,真个睡不著。

归期已负梅花约,又还春动空飘泊。晓寒谁看伊梳掠。雪满西楼,人在阑干角。(《醉落魄》)

这首词的艺术水准要远高于上一首,大概是缘于为远方家中的妻妾所作,故而情真意切,下笔沉郁顿挫,没有一丝轻浮。冬日江岸,乌云飘雪,寒灯孤馆,遥想家人。因为愧恨自己负了归期,只有在想象中与女人相会。

而女人总是在每一个清寒的拂晓,经一番梳妆打扮,急切地倚靠着楼上的阑干,翘望夫君的归来。然而诗人终究并未归来,女人连同她独倚的小楼,都笼罩在漫天的飞雪里,再无人迹,天地间唯余白茫茫一片。

南宋婉约词人笔下的风雨西楼也好,风雪西楼也罢,都和月色下的西楼一样,尽是缠绵悱恻的愁情。这与唐人送别的壮阔悲怆,形成鲜明的对比。即便是晚唐衰景下的诗人,写起西楼,下笔也是那般豪迈。

日暮酒醒人已远,满天风雨下西楼。(《谢亭送别》)

许浑这哪里是"下西楼"的腔调,完全是"上高楼"的姿态了。文学终究是人学,人的意境就是诗文的意境。哪怕是西楼小楼,豪杰之士也能写出万丈波澜;哪怕是风霜雪雨,闺阁之辈也能写得活色生香。小楼可以写出大景象,高楼可以写出小愁肠,月色可以写出激荡态,风雪可以写出旖旎情。

西楼里居住的不必是女性,古代的女性都是深居后堂。然而碰巧女子住在了西厢,便衍生出戏剧式的故事和动人的传说。一则是王实甫的《西厢记》,使唐人的传奇脱胎换骨。但元稹《会真记》那首小诗,的确招摇人眼:

待月西厢下,迎风户半开。拂墙花影动,疑是玉人来。

宋人周邦彦也写有一阕《风流子》:"遥知新妆了,开朱户,应自待月西厢。"西楼也好,西厢也好,小女儿的情态已是满满的了,所以男人们写诗,要避免妩媚状,还是尽量往东走才好。然而往东结果又怎样?想到了《诗经》:

出其东门,有女如云。(《诗经·出其东门》)

你向东,女人正从西面迎面而来。男人绕开西楼,向东奔逃,却落入另一个女人的西厢。真是"四面西厢"——出逃的想法也是不可救药的悖论，每个男人的东面，不正是其他女人的西面？另一则故事出自宋玉那篇著名的《登徒子好色赋》。

> 天下之佳人莫若楚国，楚国之丽者莫若臣里，臣里之美者莫若臣东家之子。东家之子，增之一分则太长，减之一分则太短；著粉则太白，施朱则太赤；眉如翠羽，肌如白雪；腰如束素，齿如含贝；嫣然一笑，惑阳城，迷下蔡。然此女登墙窥臣三年，至今未许也。

倘若真如宋玉所说，美貌倾城的东家之子"登墙"送秋波与宋玉，宋玉不为所动。宋玉可谓骄矜自许到极致的人了。然而让文学止于文学，我们只能做读者而已，何必较真。有趣的是，东家之子居宋玉东邻，其"登墙"显见也是登"西厢"之墙了。为什么故事总发生在西边呢？这是我所困惑不解的了，唯觉可惜的是东家不曾建有西楼，否则此女独上西楼便可，何必登墙？不雅。

秉

烛

中国人对万物投注了情感,小小灯烛也不例外。欢欣则张灯结彩,幽独则青灯黄卷,喜乐则花烛高照,悲伤则风烛残年。同样一盏灯,同样一支烛,色彩都会变化,况味自是不同。

灯烛呼应着作为主体的人的心理和情绪,于是人与烛之间的交往行动复杂而微妙。当独在异乡的诗客李商隐,在一场巴山秋雨的深夜里思念起家乡的爱人,便幻想团聚的那一刻两人"共剪西窗烛",在明亮的烛光里促膝长谈。而同样遥思情人的张九龄,面对着"海上生明月,天涯共此时"的美景良辰,却不知不觉地将烛火吹熄,"灭烛怜光满"。

"剪烛"和"灭烛",其实都是人们情绪的自然流露和烘染,就像今天的生日派对、烛光晚餐。如今,作为夜间照明用具的烛早已退出历史舞台的中心,然而烛光所营造的那份宁静、祥和与温馨,始终闪耀在人心深处,烛光的诗意无可替代。词牌有"烛影摇红",名字婉约而浪漫,出自风流驸马王晋卿的那则佳构《忆故人》,北宋大家周美成据此增损成篇,词的下半阕尤为精致:

烛影摇红,夜阑饮散春宵短。当时谁解唱阳关,离恨天涯远。无奈云收雨散。凭阑干,东风泪眼。海棠开后,燕子来时,黄昏庭院。(《烛影摇红·春恨》)

现代音乐家刘天华据此编成二胡名曲,极尽曲折动人之妙,唯惜与词境不合,另当别论,但烛影摇红的感觉总是美好,烛便是光明,总是与人生的幸福和欢乐相连。古人每发人生苦短之思,劝慰枯寂的心灵要及时享乐,醉吟"人生得意须尽欢"的李太白,追慕古风,觥筹交错的时分,挥笔抒发先人秉烛夜游之雅兴:

夫天地者,万物之逆旅;光阴者,百代之过客。而浮生若梦,为欢几何?古人秉烛夜游,良有以也。

(《春夜宴桃李园序》)

在桃李盛开的春宵里,宾朋欢聚,点亮高烛,花前月下,开怀畅饮,一醉方休。此刻的灯烛,寄情寄景,喜悦而祥和,完全不同于北宋黄山谷笔下的悲戚怆然:"桃李春风一杯酒,江湖夜雨十年灯。"前后句子的明暗调两相比照,数不尽的惆怅和感伤。

黄庭坚夜雨里的灯火,比李商隐夜雨里幻想的烛光更凄楚。前者是四壁青灯,冷冷清清;后者是烛影摇红,暖暖融融。可惜的是这份烛红此际仅仅是诗人的幻想,于是仍然感伤——这就比不得李白,又自与诗仙的恣意欢谑不可同日而语,桃李园的夜宴是华丽缤纷的。这份华丽缤纷,是唐代盛世繁荣的剪影,是乐天派诗人李白的纵情之境,却并非唐人所独有,亦非太白之首创。

汉代著名的乐府组诗《古诗十九首》中的这一篇,正是后世崇尚享乐精神的所有诗的鼻祖:

> 生年不满百,常怀千岁忧。昼短苦夜长,何不秉烛游。
> 为乐当及时,何能待来兹。愚者爱惜费,但为后世嗤。
> 仙人王子乔,难可与等期。(《古诗十九首》之十五)

人生一世，草木一秋。汉末的动乱衰弊，盛唐的歌舞升平，不同的世风下，人心总能相通。有时候，繁华落幕后的落寞，要比苦中作乐时的滋味更觉凄惶。于时代而言如此，于人心而言亦同。

一生未仕的孟浩然，逍遥山水间，纵有不平志，也常得机趣于水光山色间，足以安贫乐道，寄情忘忧。某一个春日里，孟浩然与诸友泛舟汉水之上，对酒吟诗，携妓优游，好不自在：

羊公岘山下，神女汉皋曲。雪罢冰复开，春潭千丈绿。
轻舟恣来往，探玩无厌足。波影摇妓钗，沙光逐人目。
倾杯鱼鸟醉，联句莺花续。良会难再逢，日入须秉烛。

（《初春汉中漾舟》）

从清昼游玩到日暮，兴犹未绝，天黑了也不打紧，咱们"秉烛游"吧！孟浩然这首诗不妨视作纯粹的乐和纯粹的游，但似乎也可感受到玩乐背后有那么一缕苦闷和惆怅，成了苦中作乐的秉烛游。然而孟夫子再苦，个人怀才不遇的苦也大可化解于"山水清音"里，日久而淡。不像一代词宗辛弃疾，与之相比,孟浩然的"不才明主弃"真可谓自怨自艾,难怪唐玄宗览诗发怒;辛稼轩壮岁每每豪言"舍我其谁也",可惜可恨可叹,"明主"却到底始终在弃他舍他了。

在稼轩这里,他的爱国猛志,他的文韬武略,平生不见用,那才真正是愁入山水间,苦于秉烛游。

> 四坐且勿语,听我醉中吟。池塘春草未歇,高树变鸣禽。鸿雁初飞江上,蟋蟀还来床下,时序百年心。谁要卿料理,山水有清音。
>
> 欢多少,歌长短,酒浅深。而今已不如昔,后定不如今。闲处直须行乐,良夜更教秉烛,高会惜分阴。白发短如许,黄菊倩谁簪。(《水调歌头·醉吟》)

这是花甲之年的稼轩闲居所赋,句句用典故,而又字字是心语。

稼轩词中常出现山山水水,然而那都是他独白的倾听者,而绝非诗人欣赏的客观物和对象,所以不可以"山水诗"等闲视之。孟夫子和左思的山水清音,在稼轩耳朵里,其实是微渺不可闻的。同样的道理，寻常诗人笔下的"秉烛"，正是乐事，只是乐事；于稼轩而言，便权且是敷衍，做给众人看，宛如例行公事一般：尔等看老夫何如？我也能行乐，我也醉中吟，我也知道享乐的美好，我也知道光阴的宝贵……说到这儿，一腔苦泪暗涌心头，"白发短如许，黄菊倩谁簪"！烛光里的辛弃疾，面容是安详微笑的，内心的苦楚天知地知，真是"阑干拍遍，无人会，'秉烛'意"。

面对豪放派，稼轩做不得李白那般"三万六千日，夜夜当秉烛"；面对洒脱派，做不得孟襄阳那般"良会难再逢，日入须秉烛"；面对婉约派，更做不到周美成那样"飞萤度暗草，秉烛游花径"。稼轩只是稼轩，他也不似他的前辈苏轼有那种苦闷之余的隐忍温情。

东风袅袅泛崇光，香雾空蒙月转廊。

只恐夜深花睡去，故烧高烛照红妆。（《海棠》）

别人的秉烛是照给自己的，苏轼秉烛却是为了陪伴海棠花。这是东坡的自珍自爱，也是东坡的醇厚宽容。苏轼秉烛，不为享乐，也无心享乐；不是悲伤，也不愿悲伤。他只是点亮一盏希望，照给人格化了的海棠，只因他内心深处回响起孔夫子的一句话："德不孤，必有邻。"这"照红妆"的烛火，便是先贤的信念之光。

烛的光辉，不仅为儒者所崇所比，也为沙门所喻所持。

禅林盛传"灯录"，又曰"传灯录"，实际上就是禅宗历代传法机缘的记载。以法传人，譬如灯火相传，辗转不灭。不但如此，在公案中，禅师也常以灯烛譬喻佛法以开示徒众。《五灯会元》载云门宗开山祖师文偃禅师与僧人的对话：

> 问："一生积恶不知善，一生积善不知恶。此意如何？"
> 师曰："烛。"
>
> （《五灯会元卷十五·云门文偃禅师》）

此所谓佛光自照，如如不动，清者自清，本性长明。这是"无为法"之烛，更有"有为法"之烛。且看下面这则公案：

> 师尝谓众曰："兄弟如有省悟处，不拘时节，请来露

个消息。"雪夜，有僧叩方丈门，师起秉烛，震威喝曰："雪深夜半，求决疑情。因甚么威仪不具？"僧顾视衣裓，师逐出院。(《五灯会元卷十九·何山守珣禅师》)

守珣禅师乃临济宗传人，临济宗的禅法自然是出了名的刚猛峻烈。作为一派掌门的守珣禅师，岂是好糊弄的主儿？偏巧遇到个不识深浅的瞎眼僧，听得师父的"耐心"叮嘱，赶上个大雪纷飞的深夜，赚得个心眼，便去敲老和尚的房门。殊不知，老和尚的话岂是随便放的？

却见此时此刻，守珣大师的亮相是何等威严！老和尚迎门而立，一手秉烛，面对僧徒。安宁而坚定地燃烧着的烛红，在禅院苍茫雪色的背景下，映照着老和尚的身形和面庞。小和尚已经心虚，不料这当口，老和尚猛然间一声震威断喝："雪深夜半，求决疑情，你却为什么礼仪不整？"

若真是悟得道的，此际便可从容答对，要么不动声色，要么回报以喝。可惜这僧真是个胡闹的，在师父的断喝下，立刻乱了分寸，赶忙低头四下察看自己到底哪里仪容不整，就在他巡视自己僧袍芒鞋衣角的光景，老和尚早看清了一切，直接把他赶走。

守珣禅师手里的烛,可以有,也不必有。但人心里的烛,却本是真真地有的。这就是禅宗认为的佛性,或曰人皆是佛。如此说来,守珣又是一定要雪夜秉烛的,守珣手里的烛不为自照,乃为照人。唯不知那夺路奔逃的小僧,到底顿悟了否。

古代成亲,时在黄昏。唯有黄昏后,才能点起光明的烛。不似现代,一切陈列于光天化日之下,多了喧腾的热情,却少了含蓄的韵致;多了通透的交流,却少了细微的深沉。洞房花烛夜,何尝不是另一味禅?

檗

黃

驿

路

公元1100年,流放海南四载的苏轼终于迎来他生命尽头最后一抹曙光,朝廷大赦,垂垂老矣的才子终于可以回家了。苏轼北上渡海途经澄迈,夜宿驿中。在这里,他留下了其平生最后传世书迹之代表作《渡海帖》,内容是写给当地友人赵梦得的一纸信札:

> 轼将渡海,宿澄迈。承令子见访,知从者未归。又云恐已到桂府。若果尔,庶几得于海康相遇。不尔,则未知后会之期也。区区无他祷,惟晚景宜倍万自爱耳。匆匆留此纸令子处,更不重封,不罪不罪。轼顿首。

大概由于故人未遇,行色匆匆,此帖的点画落笔重而行笔速，显得有些粗犷凌乱，不复有东坡青年所书的秀美丰润和中年墨迹的儒雅风神，但纵观全局却感到字里行间老辣纵横，墨气淋漓，如枯藤古柏，给后人以强烈的视觉冲击和深刻的心理印记。

苏轼此际的内心恐怕也是悲欣交集，但依他的性格，所有的豪情与愁苦都须隐忍，要以中庸澹泊的形式发出，不似李白，遇赦狂喜而醉酒捉月。如今独处这偏僻的澄迈驿馆，东坡不再有什么抱怨和哀愁，连喜悦也是淡淡然，唯有一句珍重，请老友"晚景宜倍万自爱"，期待"后会之期"，如此而已。可叹再无后会之期，一年后苏轼北归病逝于常州，一世才情终归于尘土。

想当年，同样是东坡，同样在驿馆，同样不得志的心怀，下笔毕竟不同：

> 孤馆灯青，野店鸡号，旅枕梦残。渐月华收练，晨霜耿耿；云山摛锦，朝露浉浉。世路无穷，劳生有限，似此区区长鲜欢。微吟罢，凭征鞍无语，往事千端。
>
> 当时共客长安，似二陆初来俱少年。有笔头千字，胸

中万卷；致君尧舜，此事何难？用舍由时，行藏在我，袖手何妨闲处看。身长健，但优游卒岁，且斗尊前。

(《沁园春·孤馆灯青》)

这是公元1074年，苏轼自杭州改任密州途中念其弟子由所作。走出驿馆，鸡鸣月落，马踏晨霜，诗人虽身遭坎坷，感慨"世路无穷，劳生有限"，却坚信"用舍由时，行藏在我"，决心"优游卒岁，且斗尊前"。此时的东坡，口中说要优游卒岁却做不得，因为儒家士大夫"致君尧舜"的理想从未动摇，哪怕后来再贬谪黄州、惠州、儋州，一路下来的苏轼也不曾改变。可惜的是，东坡一生总在跋涉，跋涉于人生之逆旅，不是在驿馆，就是在通往驿馆的路上。

通往驿馆的路叫作驿路。驿路，连同驿站、驿亭、驿丞、驿卒、驿使、驿马，组成一个功能齐全的服务体系，共同履行传递公文、迎送官员，乃至诗人骚客、商旅百姓公共交通等职能，这个"驿"体系就相当于现代的官方招待所、国营旅店、邮政局、电信移动和高速公路服务区。当年东坡南渡北归，从澄迈驿往返府城，走的就是这样的驿路，住的就是这样的驿馆。澄迈驿并非苏轼一生小住的最后一处驿馆，却是最有纪念意义的一处。正是在这里，他留下了"苏体"晚年书法代表作，更留下"苏诗"的绝响：

余生欲老海南村，帝遣巫阳招我魂。

杳杳天低鹘没处，青山一发是中原。

(《澄迈驿通潮阁》二首)

苏轼到底是回到了中原，尽管那一刻已是他人生的尽头。然而又有多少人没能回到他们的故土，没能离开某一座驿站，对无数的人而言，驿站是他们人生的起点，也是终点。"人生无根蒂，飘如陌上尘"，他们一旦离开故乡，就很难再回去，从此伴随着一个个驿馆、一条条驿路，展开无际的流浪和漂泊。围绕着驿站，先人们留下无尽的诗篇，因为这里才真正是"迁客骚人，多会于此"的地方，所以触景生情，睹物伤怀，一切的情愫都在所难免。

杜甫在奉济驿送别知己严武，"远送从此别，青山空复情"；雍陶宿嘉陵驿，感叹"今宵难作刀州梦，月色江声共一楼";李商隐独居冷泉驿又逢寒食,"归途仍近节,旅宿倍思家";元稹宿嘉陵驿,眼前景象是"月色满床兼满地,江声如鼓复如风"。由是观之,驿站馆舍,原本是供行旅睡眠之所在,却终成为文人墨客集体失眠的地方。因为失眠,所以诗兴迭发,佳句无穷,其中最耐人寻味的还是羁旅的秦少游。

秦观的《踏莎行·郴州旅舍》,写于郴州的驿馆,词成后,令他的老师苏轼也激赏动容,词曰:

> 雾失楼台,月迷津渡,桃源望断无寻处。可堪孤馆闭春寒,杜鹃声里斜阳暮。
> 驿寄梅花,鱼传尺素,砌成此恨无重数。郴江幸自绕郴山,为谁流下潇湘去。

春寒孤馆内的少游,独对杜鹃斜阳,遥想起先人的逸事。那是南北朝时期的陆凯,也是在行旅途中,也是在驿馆,他逢着北归的驿使,随手折下江南春园里的梅花,嘱其捎与远方的故人:

> 折梅逢驿使,寄与陇头人。

江南无所有，聊赠一枝春。(《赠范晔》)

陆凯有幸，有故人相思，有驿使相托，有梅花可赠。相形之下，同样春天里的秦观，却是远在他乡，独坐孤馆，身外雾色迷蒙，心内怅恨无数。这既是两个人遭逢际遇之异，所思所为大抵也自是有别，不过更重要的乃是不同历史时代的集体无意识，在诗人个体身上之体现。

魏晋南北朝时人的洒脱磊落，自唐而宋之后便渐行渐远。当然，一般说来，平日里一个人独守空房尚且寂寞，更何况背井离乡，于羁旅之中独处馆舍呢？然而古人于此种境遇，大抵只如陆凯一般，坦荡光明，率性直言"无所有""聊赠"而已。正如同处南北朝的道士陶弘景，他那千古传诵的绝句，也便是源于自由无羁的磊落古风：

山中何所有？岭上多白云。

只可自怡悦，不堪持赠君。

(《诏问山中何所有赋诗以答》)

陶弘景这首诗是为回答皇帝萧道成的出山之邀,其不卑不亢、潇洒绝伦的超尘高士之态跃然纸上。陶高士其实何尝不是另一种自我放逐?他以天地为逆旅,以青山为馆驿,以山岭为驿路,以白云作梅花,只是这"梅花"无法赠给那些不解"此中有真意"的俗人。而在宋人那里,解不解"真意"都变得不再重要,因为"解人"也兀自纠缠于孤馆之寂寥中。

泪湿罗衣脂粉满,四叠阳关,唱到千千遍。人道山长水又断,潇潇微雨闻孤馆。

惜别伤离方寸乱,忘了临行,酒盏深和浅。好把音书凭过雁,东莱不似蓬莱远。

(《蝶恋花·晚止昌乐馆寄姊妹》)

少游"可堪孤馆闭春寒",易安"潇潇微雨闻孤馆",意境何其相似。李清照为与夫君赵明诚团聚,彼时正从青州赴莱州途中,夜宿昌乐驿馆,独对冷雨,一面思念丈夫,一面留恋与家人的别离。别离,是古典文学中永恒而常新的主题。驿站馆舍,连同它一系列的公共设施,因为其独有的功能,而被百代文人写入诗句，笼罩着挥之不去的离情别绪。倘若那些迁客骚人在羁旅途中又恰逢佳节，尤其是岁末除夕，独居孤馆的那番滋味，更是可想而知矣。

白居易宦游河北，时值冬至，正是古代最重要的节日和节气之一，年根儿临近，自己却不能与家人团圆，乐天乐不起来，他在邯郸驿馆中失眠，无法去做他的"邯郸梦"：

邯郸驿里逢冬至，抱膝灯前影伴身。

想得家中夜深坐，还应说着远行人。

（《邯郸冬至夜思家》）

在冬夜，一个旅人，想象着家中亲人围坐的温暖，三十出头的白居易怎能不想家？相比年轻的香山居士，唐代另一位杰出的诗人高适在已知天命之年宦游异乡，客居驿站，又赶上大年三十，他心中况味更多的是沉重，不仅仅是想家而已：

旅馆寒灯独不眠，客心何事转凄然。

故乡今夜思千里，愁鬓明朝又一年。（《除夜作》）

白居易羁旅失眠也无妨,他还年轻,前途漫漫不可限量。高适却大为不同,一把年纪的诗人还在为前景担忧,不知自己出头在何时。他的愁鬓不只是生理的苍白,更是心理的凄楚。人生一世,总是因为前途的未知而苦愁。除夕夜里客居驿馆的孤独与清冷,将这份苦愁渲染到极致,无比浓酽。无独有偶,唐代另一位诗人戴叔伦,遭遇过与高适同样的情境,也是在除夕,也是在驿馆,下笔也是孤馆寒灯,收句也是衰鬓愁颜:

旅馆谁相问?寒灯独可亲。一年将尽夜,万里未归人。

寥落悲前事,支离笑此身。愁颜与衰鬓,明年又逢春。

(《除夜宿石头驿》)

辞旧迎新的冬夜里,驿馆独坐的诗人们面对的只有一盏寒灯,形影相吊,怎能不凄然。或许能够保持心平气和的只有王摩诘,在王维的神笔下,那盏孤馆里的寒灯在凄风冷雨中霎时明亮了起来,让人心也跟着通融。

促织鸣已急,轻衣行向重。

寒灯坐高馆,秋雨闻疏钟。

白法调狂象,玄言问老龙。

何人顾蓬径,空愧求羊踪。

(《黎拾遗昕裴秀才迪见过秋夜对雨之作》)

或许因友人陪伴,所以心不孤;或许因谈禅论道,所以意圆满。"寒灯坐高馆,秋雨闻疏钟",这意境何其洞达开阔。或许王维的这份禅意影响了同样是画家的元人倪瓒,倪瓒在那首别致的雅词里淡写轻描:"苔生雨馆,尘凝锦瑟,寂寞听鸣蛙。"(《太常引·伤逝》)倪云林写此词是在暮春,王摩诘是在深秋,季节相反,意味却相近,平和归平和,气氛总是清寒。

或许驿站留给人们的印象太深刻,或许人们都沾了驿站的光,凡落笔写到一个"驿"字,那份寂寞就已占了先机。陆游的名句"悬知寒食朝陵使,驿路梨花处处开",意境清寒之外,又平添些许冷艳,令人遐想不止。

说来陆放翁确与驿站有深深的不解之缘,他的另一首词家喻户晓,虽然咏的是梅,可那梅却是生长在特定之所:"驿外断桥边,寂寞开无主。"(《卜算子·咏梅》)评者论此词,以为诗人在借寒梅以自喻，表达孤芳自赏的高洁品格。大约也没什么差错，文人洁身自好乃至偶尔夸大其词，无可厚非。不过我总怀疑那"驿外寒梅"或许隐约映射了陆游的某个心结，是关于一个驿站和一位女子。

  陆放翁之蜀，宿一驿中，见题壁云："御街蟋蟀闹清夜，金井梧桐辞故枝。一枕凄凉眠不得，呼灯起坐感秋诗。"询之，则驿卒女也，遂纳为妾。(《词苑丛谈》)

陆游世认为爱国诗人，此评无过；但说到感情生活，他却有太多的"过"。陆游与唐婉的爱情不必论说，且看他与无名驿卒女的逸事。陆游远涉蜀地，夜宿驿馆，偶见驿馆壁上题诗，询问之下，竟然是这间驿站的驿卒之女所作，于是招来相见，纳之为妾。陆游的声名何其大哉，驿卒只不过是招待所的服务员，他的女儿的身份何其卑微，眼见这位天下闻名的大诗人加以青眼，这是何等荣光？未知陆游欣赏的是驿卒女的诗才，还是川妹子的容貌，不管怎样，纳妾既成事实，也算一桩风流事。

然而这只是故事的开始,结局如何?当陆游载得美人归,不到半年,这位多情的才女便被陆游的妻子逐出家门。伤心之际,此女又赋诗一首以感怀,事件至此结束。对这样的结果,陆游有何作为,史料未载,而自始至终这位大诗人对此事也似乎不曾留下半句诗文存念。至于放翁的咏梅词,或许果真只是咏梅自况,但我愿意将其视作那无名驿卒女孤独身影的写照:

> 驿外断桥边,寂寞开无主。已是黄昏独自愁,更著风和雨。
>
> 无意苦争春,一任群芳妒。零落成泥碾作尘,只有香如故。(《卜算子·咏梅》)

说到此,不妨再顺道提一提辛弃疾。

辛稼轩过长沙道中,壁上见妇人题字,若有恨者,因用其意成《减字木兰花》云:"盈盈泪眼,往日青楼天样远。秋月春花,输与寻常姊妹家。水村山驿,日暮行人无

气力。锦字偷裁,立尽西风雁不来。"(《词苑丛谈》)

这又是一个文人和女子、诗词和驿站的故事。驿道上的稼轩,碰巧读到了无名女子于驿壁间的题字,于是心有戚戚,唱和成篇,这便纯为一桩风雅事。故事因为无始无终,不去现实的尘埃里纠缠,浪漫和传奇的色彩反转愈浓,浓而不烈,恰到好处。稼轩驿壁唱和,并不与妇人相往来,只是"神会",绝不类放翁的"纳妾",更不似五代人陶谷的"赠词"。

五代时期后周世宗柴荣派遣翰林学士陶谷出使李煜南唐,这陶谷素来自视甚高,目中无人,此番又身为强国大使,自然未把南唐小国放在眼里,于是一幕滑稽戏就此上演。宋人郑文宝《南唐近事》载:

> 陶谷学士奉使,恃上国势,下视江左,辞色毅然不可犯。韩熙载命妓秦弱兰诈为驿卒女,每日弊衣持帚扫地,陶悦之,与狎,因赠一词,名《风光好》。

由于陶谷骄横自大,道貌岸然,一副居高临下的气势咄咄

133

逼人，南唐君臣虽然盛礼相待，私下里都十分气愤。韩熙载对身边人说："陶谷绝非真正的道德君子，看我让他现原形，博诸君一笑！"于是命秦淮名妓秦弱兰乔装驿卒之女，每日穿着破衣裳到陶谷下榻的驿馆扫地。独居驿馆的陶谷见色心动，私与之狎，欲结姻缘，并填词《风光好》一首相赠："好因缘，恶因缘，只得邮亭一夜眠，别神仙。琵琶拨尽相思调，知音少，再把鸾胶续断弦，是何年？"

等到第二天，韩熙载再次大宴宾客，陶谷依旧是一副正气凛然的尊容。这时候，韩熙载端着酒杯站起身，传请歌妓秦弱兰登场献艺，只见昨日的"驿卒女"此际盛装粉黛，光彩照人。弱兰樱唇轻启，所歌一曲，正是陶谷私赠的艳词。可以想见陶大学士当时是何等狼狈，满脸通红听完那"驿卒女"的歌曲，不等公事办完就落荒而逃了，"谷大惭而罢"（《词苑丛谈》）。

大概陶谷也没有料到，自己这桩不完美的风流糗事竟然能流传后世，成为"佳话"。明代的风流才子唐寅，特意作《陶谷赠词图》，并于画上题诗一首曰："一宿姻缘逆旅中，短词聊以识泥鸿。当时我作陶承旨，何必尊前面发红！"风流才子自然欣赏风流学士的风流事，唐伯虎不认为这件事本身可耻，反倒觉得陶谷"风流"得不到位，换作我唐寅，我才不会"大惭而罢"呢！不过陶谷的风流跟唐寅确实没法比，唐寅是真风流，也是真君子，而陶谷却是伪君子，想要真风流，却也难呢。所以，现代画家傅抱石也画了一幅《陶谷赠词图》，水墨味更浓，写意传神尽在阿堵之中，傅画的陶谷比唐寅画的陶谷更像陶谷本人。

由上所述，不难归出一个结论：驿站是个容易出事的地方，此其一；其二，穷人儿女早当家，驿卒子弟多有才。明人谢肇淛的《五杂俎》记："国初，江左驿卒之子有天子龙庭之对。不知姓名，亦可惜也。"可见驿卒子女负有奇才并非个案。或许正因为驿站是"迁客骚人"会聚之所，流传的诗文不可胜数，于是那些驿卒子弟也便耳濡目染近朱者赤；或许因为驿站恰好是他们表达才华的就近而便捷的最佳媒介。试想，何以驿卒子女多于驿壁题诗？只因古时妇女和平民得以公开展示自己诗情的机会场合甚少，于是偶有人至的驿站便成了最好的选择，那抑不住的满腹才思便被尽情倾注于清冷的驿壁之上。

从东坡少游，到香山高适，至放翁陶谷，围绕驿馆驿站的气氛或者清寒苦闷，或者惆怅孤独，或者偶尔夹杂些香艳的风流调，都无非关乎个人之悲欣荣辱。然则在宋末文文山那里，这一切都将被消解，代之以常人无法体会和比拟的沉郁悲壮，一座小小的驿站承载着山河梦碎的无上苍凉。

>草合离宫转夕晖，孤云漂泊复何依。
>山河风景元无异，城郭人民半已非。
>满地芦花和我老，旧家燕子傍谁飞。
>从今别却江南路，化作啼鹃带血归。(《金陵驿》其一)

1279年深秋，文天祥身披枷锁站立在披坚执锐的蒙古兵团之中，最后一次抬眼深情凝望这座昔日繁华的都市。这里是金陵驿，这里是六朝古都，今晚在这里夜宿，明日就将生死永别。金陵驿夜宿的孤独感是只属于文天祥的孤独，是超越了唐宋文人驿馆失眠的大孤独，国家已经覆灭，大宋千里江山，而今属于他的，仅仅是眼前勾留的这一座小小的驿站，何况仅仅是一夜而已。

"满地芦花和我老，旧家燕子傍谁飞"，文天祥与金陵驿告别，别离的是一个家国世世代代的运命；苏轼和澄迈驿告别，别离的是一个人一生遭际的坎坷。一个痛吟"从今别却江南路"，一个抒怀"青山一发是中原"，前者永离，后者相聚，却都在离与聚的时分写下人生的句点。一切都结束了，只有他们身后的驿站依旧，等待新的驿客书写新的"驿事"。

一等就是几百年——迁徙、放逐、流浪、宦游，驿馆里的人们行色匆匆，却几乎都做着同样的事，想着相似的问题，感受着同样的心绪，了无新意。直到王守仁出现，在一个最不起眼的驿站里。

1508年早春，王阳明也开始"别却江南路"，经江西、湖南，向他被贬谪的目的地贵州进发。只不过他告别江南，却是刚刚从死亡线的边缘逃出，宦官刘瑾没能害死这位忠耿之士，上苍决意造就一位不世出的伟人。王阳明这一路，披荆斩棘，独步蛮荒，自长沙驿小憩，由湘江北下，经洞庭，渡沅水，宿过沅水驿、罗旧驿等数不清的大小驿站，直奔后世"心学"门人心中的圣地龙场驿。他将在这里上任，职位便是驿丞，历史上最了不起的官方招待所所长，尽管手下几乎连个像样的驿卒都没有，他却从"无"中生出无穷的"有"来。

赴龙场的茫茫苦旅中，王阳明一定是感慨万端，前途别说希望，生路的影子都见不着。但是他有和四百多年前那位处境相似的东坡前辈一样的精神：乐观。他不断激励自己，少年时立志做圣人的伟志在心底燃烧得更猛烈了，荒瘴之地此刻都成了"诗家清景"，王阳明一路高歌。

> 辰阳南望接沅州，碧树林中古驿楼。
> 远客日怜风土异，空山惟见瘴云浮。
> 耶溪有信从谁问，楚水无情只自流。
> 却幸此身如野鹤，人间随地可淹留。（《沅水驿》）

王阳明驻足沅水驿的古驿楼上，放眼远眺空山流水。他自慰"却幸此身如野鹤，人间随地可淹留"，正与苏轼"此心安处是吾乡"心境相通，其精神实质也便是《易经》里所云的"大人者，与天地合其德，与日月合其明，与四时合其序，与鬼神合其吉凶"，更是《大学》所言的"知止而后有定"。"知止"，知道心中所止，只是一个开始，修道成为"大人"才是终极的目标。与常人不同的是，王阳明将两者同时"提上日程",双管齐下,并驾齐驱,并自谓"知行合一"。自此而后,"知行合一"观和"良知"说,就成为世称阳明"心学"的核心理论。

所以,所谓"龙场悟道",并不是一瞬间发生的事,按阳明学的本义,其实也本不该有什么类似禅宗那般的"顿悟"。一切顿悟都是渐悟——在《沅水驿》中王守仁所流露出的思想和精神,已经体现出这一点。他思自己如野鹤,他便已经按照野鹤的样子去做了,在超凡入圣之始,心存此理的人便已经是圣人。如此而已。

有的人独居驿馆,"梦里不知身是客";有的人乐道忘忧,"君子慎其独"。人生便如一条驿路,起点就是终点,走下去就不需回头。

风

雨

"风雨"一词，大概首先会让人联想起生命里所有的阴郁、不安、凄苦和艰难，在中国人的心理感受上总是不大好的。然而在上古文明孕育之初，我们的祖先却并没有这些胡思乱想，风雨就是风雨。我们看"六经"，《易》曰："鼓之以雷霆，润之以风雨。"《诗》云："风雨如晦，鸡鸣不已。"风霜雪雨，本是自然，《易经》借以取譬成象，阐释万事万物之阴阳变化；《诗经》用之寄怀起兴，表达一时一境的哀乐生发。

然而自然界的风雨，飘忽动荡、阴翳寒凉，毕竟给人身心的感觉都不如光风霁月、晴空朗日。所以自古诗人笔下的风雨，糅杂了自然和人世，裹挟了万般苦绪愁情。曹雪芹作句"已觉秋窗秋不尽，那堪风雨助凄凉"(《代别离》)；纳兰容若赋词"萧萧几叶风兼雨，离人偏识长更苦"(《菩萨蛮》)；

郑板桥题画"自是相思抽不尽,却教风雨怨秋声"(《咏芭蕉》);苏轼吟诗"别期渐近不堪闻,风雨潇潇已断魂"(《与子由》)。凄风冷雨令人悲、惹人愁,然而将这份愁思直写得满纸风雨者,当推南宋游次公的奇篇:

> 风雨送人来,风雨留人住。草草杯盘话别离,风雨催人去。
> 泪眼不曾晴,眉黛愁还聚。明日相思莫上楼,楼上多风雨。(《卜算子》)

一首八句小令,四句含风雨。词写相思、写相见、写离别、写留恋,整个场景便在一场风雨中展开。前三个"风雨",是自然界的风雨,而最后一个"风雨"并非实摹,乃是虚设。"楼上多风雨"——是虚笔,却也是实情。何以"多风雨"?那风雨本无所谓多少,也无所谓有无。只因独自登楼,触景生情,遥望伊人杳杳,人既不可见,情复何以堪?凭栏远眺,天涯望断,纵然晴空万里,眼中尽是相思泪,心中也尽是别离雨。境由心生,何分真幻?

以风雨渲染相思,将相思寄托风雨,自是诗人惯常笔墨。李商隐的《夜雨寄北》,百代以下,常诵常新,只因其情其景如在目前,每个人都会感同身受。"何当共剪西窗烛,却话巴山夜雨时"是诗人的期盼,也是我们的渴望。同样是在秋夜里、一场风雨中的相思,白居易为读者呈现了表达爱意的另一种可能。

> 我有所念人,隔在远远乡。
>
> 我有所感事,结在深深肠。
>
> 乡远去不得,无日不瞻望。
>
> 肠深解不得,无夕不思量。
>
> 况此残灯夜,独宿在空堂。
>
> 秋天殊未晓,风雨正苍苍。
>
> 不学头陀法,前心安可忘。(《夜雨》)

这是香山居士才有的手段——诗味简约大气而不失细腻深情,语言质朴无华而平添纤媚温婉,表意直白如许却又字字沉着如许。好像情人四目相对之际,男子说出"我爱你",别无矫饰,却只因发乎真心,不由得女子芳心暗许。"秋天殊未晓,风雨正苍苍",颇有诗经《蒹葭》的意境,风雨苍茫之际,正宜"嗟我怀人"之时。

《诗三百》,怀人诗篇数量最多,其中多写闺怨,闺怨之中,又以弃妇诗最为醒目。《诗经》有两首同名弃妇诗:

习习谷风,以阴以雨。黾勉同心,不宜有怒。采葑采菲,无以下体……(《邶风·谷风》)

习习谷风,维风及雨。将恐将惧,维予与女。将安将乐,女转弃予……(《小雅·谷风》)

两首诗歌皆用风雨起兴,手法如出一辙,主题也大体相同。诗中的女主都曾经舍己忘我地深爱着男主,为之付出一切也在所不惜,却终遭到男子无情地抛弃。诗经中独特的"兴"法,既不等同于借喻、暗喻、象征等常见的修辞手法,也绝非像明代徐渭所说的"《诗》之'兴'体,起句绝无意味"。它是在某一特定而典型的时空里,作者于作诗之际的当下体悟,近似于天人合一的一种通感。以此两篇为例,何以用风雨起兴？这大概是在风雨交加的时候最容易触发人们的凄苦之情。尤其因各种缘由与爱人分离的痴情女子，面对凄风苦雨，更会增添无穷的伤怀愁绪，发出"秋风秋雨愁煞人"的哀叹。

李清照的《声声慢》："寻寻觅觅，冷冷清清，凄凄惨惨戚戚。"一边是"晚来风急"，一边是"梧桐更兼细雨，到黄昏，点点滴滴"；同样，另一位才女唐婉，在写给陆游的《钗头凤》中，也是这般："世情薄，人情恶，雨送黄昏花易落。晓风干，泪痕残。欲笺心事，独语斜阑……"落花黄昏、晚风细雨，都落在女词人的心里，写出来都是为了烘托情境。反观诗经《谷风》二首，诗人并不是要通过"风雨"比拟什么物事，营造什么氛围，或寄托什么寓意，只是有感而发，仅此而已。这就让诗经的"兴"与后世的那些托咏或寄意类诗歌有别，前者是无为的，后者是有为的。

因为"有为"，才使得诗人有意识地使用意象，张开想象的翅膀，让情感和才思飞向无边的"风雨"中。风雨怀人，可以是情人，当然也可以是亲人和朋友。晚唐的许浑在一片苍茫风雨中与友人送别，挥笔写就可与王维《渭城曲》媲美的名篇：

劳歌一曲解行舟，红叶青山水急流。

日暮酒醒人已远，满天风雨下西楼。(《谢亭送别》)

王维"劝君更尽一杯酒，西出阳关无故人"，是从远行的友人角度设想，别意沉郁而坦荡；许浑"日暮酒醒人已远，满天风雨下西楼"，却从诗人自身境况立意，离情豪迈而悲怆。许浑的满天风雨，自是伤别离，却不见惨惨戚戚；虽然已值大唐盛世的黄昏，仍有唐诗大气磅礴的遗响，此乃时代使然，亦是每个诗人独特气质和诗心使然。所以，同样面对催花风雨，孟浩然只淡淡地写"夜来风雨声，花落知多少"，李清照却愁肠百结"知否、知否？应是绿肥红瘦"；同样置身微雨轻风，张志和唱"斜风细雨不须归"，李清照吟"斜风细雨，重门须闭"；吴文英孤独苦闷思念爱妾，便写"听风听雨过清明，愁草瘗花铭"，陆游的壮怀伟志抑郁难伸，落笔却是"安得朱楼高百尺，看此疾雨吹横风"！

疾风骤雨是风雨，和风细雨也是风雨；自然风雨本无情，但在有情人的心中便多情。而时代环境不同，个人遭遇迥异，更兼心志性情之别，诗人笔下的风雨更有着不一样的哀乐悲喜。

晏殊"满目山河空念远，落花风雨更伤春"，是伤也风雨；李清照"恨潇潇无情风雨，夜来揉损琼肌"，是恨也风雨；朱淑真"连理枝头花正开，妒花风雨更相催"，是妒也风雨；赵秉文"风雨替花愁，风雨罢，花也应休"，是愁也风雨；元好问"招魂楚些何嗟及，山鬼暗啼风雨"，是哀也风雨；高适"山川萧条极边土，胡骑凭陵杂风雨"，是怒也风雨；杜甫"笔落惊风雨，诗成泣鬼神"，是惊也风雨；孙星衍"莫放春秋佳日过，最难风雨故人来"，是喜也风雨；苏舜钦"晚泊孤舟古祠下，满川风雨看潮生"，是乐也风雨。

风雨之情，无非人情。古人早深谙此道，所以将天理与人欲并举释义。《黄帝内经》云："天有风雨，人有喜怒。"《管子》曰："欲见天心，明以风雨。"天之风雨，得之于阴阳变化，冷热交际；人之风雨，受之于进退荣辱，通塞穷达。古往今来，越是胸怀大志，却骥服盐车之士，对"风雨"的感受也就越发恳切和激烈。

负剑豪士辛弃疾，文可安邦，武能定国，可谓百年不特出之人杰；可惜生不逢时，终不见用，唯有填词解闷，寄托平生。所以辛词最多"风雨"。诉相思之苦"花径里，一番风雨，一番狼藉"(《满江红》);怨主政暗昧"城中桃李愁风雨,春在溪头荠菜花"(《鹧鸪天》);慨壮志难酬"可惜流年,忧愁风雨"(《水龙吟》);伤英雄迟暮"梦回人远许多愁,只在梨花风雨处"(《玉楼春》)……稼轩词的"风雨",各具神态,万种风流,一枚枚文字在他的挥使下宛如排兵布阵的将士,精神抖擞、元气淋漓,腾挪跳跃间,豪气干云、挟风裹雨。可以说,稼轩"风雨"词每一篇都是经典杰构,若说经典中的经典,私以为非《摸鱼儿》莫属:

更能消、几番风雨?匆匆春又归去。惜春长怕花开早,何况落红无数。春且住,见说道、天涯芳草无归路。怨春不语。算只有殷勤,画檐蛛网,尽日惹飞絮。

长门事,准拟佳期又误。蛾眉曾有人妒。千金纵买相如赋,脉脉此情谁诉?君莫舞,君不见、玉环飞燕皆尘土。闲愁最苦。休去倚危栏,斜阳正在,烟柳断肠处。

这首词开篇就不同凡响,摄人心魄。"更能消、几番风雨?"猛然一句喝问,怒发冲冠,仿佛平地惊雷,气壮如虎，真是石破天惊之语。拿音乐做比方，类似于贝多芬的《命运交响曲》：首章从"命运的敲门声"开始，猛烈、严酷、暴戾的强力音符，在单簧管和弦乐的和鸣中赫然奏响。辛词开篇便是如此，胸中块垒郁积久矣，今如江河决口，千回万转倒折奔泻而出，一泻千里！在金国不断地侵略下，大好山河无时不在风雨飘摇之中，统治者依然懦弱苟活，如此这般下去，我们还能维持多久呢？"风雨"的寓意不言自明——其实全篇也只此一句，下面都是铺叙。

说完稼轩词，就不能不说陆游诗。南宋政事萎靡，但文坛有此二位奋发蹈厉，亦足以傲视今古。陆放翁拳拳爱国之忧思，伴随一生，可惜和稼轩一样，所有的急切、苦闷、呐喊与呼号，只能倾诉于诗文。我们都熟悉他的《十一月四日风雨大作》二首：

> 风卷江湖雨暗村，四山声作海涛翻。
> 溪柴火软蛮毡暖，我与狸奴不出门。（其一）
> 僵卧孤村不自哀，尚思为国戍轮台。
> 夜阑卧听风吹雨，铁马冰河入梦来。（其二）

这两首诗作于南宋光宗绍熙三年（公元1192年）冬，诗人六十七岁，已经罢官隐居故乡三年多了。虽已是"僵卧孤村"的老人，却并"不自哀"，那颗爱国丹心，热血依然，放翁还是"曾经那个少年"，随时准备"我为祖国守边防"。当然，现实早已无望，理想只能在梦中。所以第二首诗可以说是，风雨老男孩，痴情皆入梦；而第一首，因为有猫儿的介入，更富生活情趣，也更饶有兴味。"风卷江湖雨暗村"与稼轩的"更能消、几番风雨"如出一辙：这风雨是天地间的风雨，更是南宋艰危动荡的时局。"四山声作海涛翻"，雨声震山翻海，其实是诗心在愤怒地呐喊。至此，诗人对政治的怨愤、对时事的焦灼、对国家命运的忧虑已经尽在笔端。然而，下两句笔锋荡开，悠然一转："溪柴火软蛮毡暖，我与狸奴不出门。"好像电影蒙太奇，镜头忽地转向室内：窗外疾风冷雨，诗人和他的小猫，相互依偎在火炉边。表面上，诗人是在说："今儿天太冷了，咱俩就不出门啦！"实际上，这是诗人辛酸而无奈的自嘲。放翁心底的风雨比身外的风雨更凛冽也更寒冷，可是他却用妙笔轻描淡写般画出一只慵懒闲适的猫儿。《诗经·隰有苌楚》云："夭之沃沃，乐子之无知。"古人见羊桃自由地生长，自叹不如草

149

木快乐,何似陆游对着他的小猫——猫儿才不管窗外是风是雨,诗人却无时无刻不在忧心;猫儿出不出门也罢,诗人空怀抱负却终究报国无门。

世事总是会有一些奇妙的巧合和对比,陆游因风雨而梦"铁马冰河",黄庭坚却因马儿吃草而梦风雨。我们再来看黄山谷的这首奇诗:

红尘席帽乌靴里,想见沧洲白鸟双。

马龁枯萁喧午枕,梦成风雨浪翻江。

(《六月十七日昼寝》)

这首诗作于北宋哲宗元祐四年(公元1089年)至六年(公元1091年),自神宗熙宁二年(公元1069年),北宋任用王安石实行变法开始,士大夫集团围绕"变法"展开的"新党"和"旧党"之争,迄今已经持续了二十多年。当时黄庭坚在史馆任职,他的师友苏轼因与当朝政见不合而出守杭州,黄庭坚深感官场波谲云诡,于是产生了归隐山林的念头。"席帽乌靴"是宋朝官员的装束,指红尘中的仕途生涯;"沧洲"是水边的归隐处（详见本书《沧洲》一文）；"白鸟"是鸥鹭之类的水禽，出自《列子》"鸥鹭忘机"的典故，也指隐逸。下两句，"龁（hé）"是吞咬；"萁"指豆子的秸秆，亦见于曹植《七步诗》"煮豆燃豆萁"；"马龁枯萁"就是马吃饲料；诗人正在午睡，院子里的马厩中传来一阵阵马嚼干草的声音，于是引发了诗人的梦境：狂风暴雨，惊涛骇浪。

　　诗人本身居仕宦而向往江湖的恬然，何以又因马儿吃草而梦见江湖的风雨险恶？这既是黄庭坚"奇峭险绝"诗风的体现，也是彼时山谷之心尚未有"安处"的表征。东坡诗云"此心安处是吾乡"，是苏轼晚年历尽生死才吟出的悟境；黄庭坚此刻只是感到了心灵的触动，他为此深深不安，然而何去何从，他还在思索和彷徨。要再过十几年，他才彻底放下和看透。在他暮年的杰作《追和东坡题李亮功归来图》中，山谷对"梦成风雨浪翻江"重新阐释，给出了自己的答案："朝市山林俱有累，不居京洛不江湖。"宦海也好，江湖也好，只要有人的地方，就有争斗和苦难；唯有放下此心、安顿此心，让它"知止"，方能觅得"此心安处"；那么，何须执着于红尘还是山林，何处不是乐土呢！

晚年的黄山谷消弭了山林和朝市的对立，打破了仕与隐的界限；无所谓红尘风雨，也无所谓白鸟沧洲，心若不安则"俱有累"，唯有"不居京洛不江湖"——其主旨思想，如果换一种方式来表达，便是"也无风雨也无晴"。再看苏轼这篇世人皆知的杰作《定风波》：

  莫听穿林打叶声，何妨吟啸且徐行。竹杖芒鞋轻胜马，谁怕？一蓑烟雨任平生。
  料峭春风吹酒醒，山头斜照却相迎。回首向来萧瑟处，归去，也无风雨也无晴。

在这篇词的引首，东坡有一段题记："三月七日，沙湖道中遇雨。雨具先去，同行皆狼狈，余独不觉。已而遂晴，故作此词。"旅途遇雨，是最麻烦事，常人避之唯恐不及，视为艰难险途，所以"同行皆狼狈"；而中国士人，历经几番荣辱磨折，但凡能活明白的，面对风雨最后都将"余独不觉"——不觉风雨之为风雨，也不觉晴之为晴，其实便是兼具了儒道两家思想之精髓，同时能将看似矛盾的二者完美协调相和。正如陶渊明的诗句："纵浪大化中，不喜亦不惧。"东坡"一蓑烟雨任平生"便是"纵浪大化中"；而"也无风雨也无晴"便是"不喜亦不惧"。

陶渊明早年还有一首诗《庚子岁五月中从都还阻风于规林》（其二），开篇这样写道：

> 自古叹行役，我今始知之。山川一何旷，巽坎难与期。

巽、坎，皆是《易经》之基本八卦。巽，风也、木也；坎，水也、雨也。"巽坎"便是"风雨"；古人以"巽坎"寓意艰难险阻，正与后世常用"风雨"同义。所以陶诗貌似无关风雨，实则说的却是一回事。

就易象而言，巽卦有"顺"义，坎卦有"险"义。从这个层面讲，所谓"风雨"，实则饱含了顺中有险、险而能顺这种矛盾随时互相转化的朴素辩证的思想。比如《易经》的《屯》卦，上坎下震。其《彖辞》说"刚柔始交而难生，动乎险中"，而《象辞》说"云雷屯，君子以经纶"。屯卦意味着初始，所谓万事开头难，所以艰难始生，你的一举一动，可能随时随地都会有危险。但是它又激励你前进，要求你突破万难去争取胜利，所谓"君子以经纶"，你要有所为，要勉力前行，一步步去经营，以"登车揽辔"之志，澄清天下，以济于屯难。再比如《解》卦，坎下震上。《象辞》说："险以动，动而免乎险，解。"《解》卦是顺应《蹇》卦来的，上坎下艮，险在前而不能进，所以《蹇》就是难。如今，"天地解而雷雨作"，风消雨散，艰难险阻一时解除。最后再说一说《困》卦。《困》，坎下兑上，这一卦是说君子陷入困境。这个时候该怎么办呢？没法办。那便接受安排，忏悔已过，乐天知命，以"无为"之心处世，最终才会从逆境中走出而遇难成祥。所以《象辞》说："泽无水，困。君子以致命遂志。"

对于《蹇》这个卦，北宋大儒程颐有一段注解，讲得非常好："知命之当然也，则穷塞祸患不以动其心，行吾义而已。"我们常说"知命"，不管遭遇什么艰难祸患，如果实在无法解决，我们当然要顺应它。可是对于芸芸众生而言，接受命运的安排实在是迫不得已之事，不这样又能如何呢？如此好像"知命"二字，说来也容易；然而程颐后面的话才是关键——"不以动其心，行吾义而已"——真正做到"知命"，须"不动其心",这句话才更要紧!明代大儒王阳明,早年参加科举落第,当别人纷纷劝慰他,说些不疼不痒的话表示同情和勉励,这时候王阳明却平静地答曰:"世以不得第为耻,吾以不得第动心为耻。"

这句话是发光的——在那片光芒里,落榜或上榜、困境或顺境、苦闷或欢乐、得到或失去,一切的一切,还有什么重要吗?"山雨欲来风满楼"也好,"风雨如磐暗故园"也罢,此心早已"风雨不动安如山",并不需要谁"欲持一瓢酒,远慰风雨夕"。因为"仁者不忧,知者不惑,勇者不惧",君子之心,坦荡如光风霁月,磊落如高山大野,在他的世界里"也无风雨也无晴"。

捣衣

宋代欧阳修的著名短篇《秋声赋》,借由自然界的音响而发挥,进而感悟浮世和人生。如果用庄子的说法观之,这些秋声属于"天籁"和"地籁"。然而中国传统文化意象中,还有另一种特别的秋声,恐怕要比欧阳子笔下"其意萧条,山川寂寥"的秋声更为萧瑟和寂寥,属于"人籁",名曰"捣衣"。

"长安一片月,万户捣衣声",李白的这句诗使此"人籁"千古传音,百代不朽。古代诗赋里,写到捣衣的诗句实在数不胜数。何为捣衣?学界曾争论不休,其实首先要弄清楚,这里的"衣"所指不仅是衣服,也包括衣料,即棉、麻、葛、丝织之属,也就是说,捣衣是古代制衣流程里面的一道工序。这就好像说"裁衣"并非指将做好的衣服用剪刀裁开,而是量体裁衣,按照尺寸将衣料剪裁妥帖一样。至于其具体的捣法,明代徐光启在其著作《农政全书》里记录得很明白："盖古之女子，对立，各执一杵，上下捣练于砧。"所谓捣衣、捣练、捣素其实是一回事，并没有那么复杂难解。今传唐代画家张萱所绘的《捣练图》，为我们直观地展现了当时捣衣的场景：两个女子面对面站立，双手各执一根很长的细腰木杵，敲击石砧上所盛的衣料，另有两名女子且倚杵而憩。画面中其余的仕女，有的在合作熨衣，有的在埋首缝制，有的在专注端详。总之，捣衣是专属于女性的行为活动。

既然捣衣原本只是古代妇女日常所操持的普通劳动，和织布、下厨、女红这些行为并无本质差异，何以登入大雅之堂，成为唐诗里频繁出现的醒目意象？这就要归功于占据绝对主流地位的男性诗人群体的集体臆想和持续不断的移情作用。虽然史实证明，使女性的普通劳作行为晋身不朽这一事件乃男性的功劳，然而将"捣衣"纳入文学视野这一里程碑事件的肇始者，却是一位杰出的女性。

> 含笙总筑，比玉兼金。不埙不篪，匪瑟匪琴。或旋环而纡郁，或相参而不杂，或将往而中还，或已离而复合。

翔鸿为之徘徊，落英为之飒沓。调非常律，声无定本，任落手之参差，从风飘之近远。(《捣素赋》)

作为汉成帝的妃子，班婕妤（婕妤是嫔妃的称号）素以贤德著称，当时的太后曾将她与春秋时期"五霸"之一楚庄王的樊姬并誉，可惜班婕妤有樊姬之品德，却无樊姬的幸运，因为汉成帝并非楚庄王。赵飞燕姐妹的入宫，终结了美好的一切，帝王义无反顾地投身于声色之中，班婕妤被冷落——与其这样说，倒不如说是她的心冷却。从此，一个可以辅佐明君开创盛世的女性消失了，一个在文学史上熠熠生辉的女诗人就此在后宫的深深庭院中、秋风凉月下、阵阵砧声里吟咏人生。

捣衣的工具，一是杵，一是砧。砧杵所发出的音响，被班婕妤比作金玉、笙筑、埙箎和瑟琴，宛如神曲，随风远近。曲调所到之处，飞鸟也为之徘徊，放眼处是乱红缤纷。在班婕妤心里，捣衣声是世间最美最高贵的音乐，这高尚的乐声，便是孔子所称道的"乐而不淫，哀而不伤"。显然，班婕妤刻意夸大和美化了捣衣的声音及其价值。进一步说，所谓《捣素赋》

的诞生背景,乃是虚写,本无实事,基本可以判定为作者的闲思和想象。班氏经由那深秋里最常闻的砧杵声,遣怀抒抱,寄托她心底无私而脆弱的渴望。

班婕妤在《捣素赋》里呈现的声音和意思,是细腻而独特的,后世几乎所有那些关于捣衣的诗篇,其表达的主旨和隐喻都与之不同。不论唐人张若虚《春江花月夜》的"玉户帘中卷不去,捣衣砧上拂还来",或是诗圣杜甫《捣衣》的"用尽闺中力,君听空外音",都是作为旁观者的男性的意识对虚指的闺中女性心理状态的设计和摹造。唐诗对捣衣声的理解,大体可以视为一种闺怨,譬如寂寥、思念、愁苦、分离等。但其中的一些诗人的诗句,走出了这种闺怨,转换为以男性诗人自身为主体,将捣衣声的"生产者"完全抛离,这其实已经是一种西方学术所谓的"解构"和价值重塑。

唐人对捣衣的重新理解和最终定义,并非原创,其实乃是源自有关"捣衣"主题最伟大的一首诗,六朝谢惠连的同名诗:

> 檐高砧响发,楹长杵声哀。微芳起两袖,轻汗染双题。

纨素既已成，君子行不归。裁用笥中刀，缝为万里衣。

(《捣衣》)

诗歌起始，说明了捣衣的时间。"白露滋园菊，秋风落庭槐"，点明时节为深秋；"夕阴结空幕，宵月皓中闺"则说明时辰为夜晚。由诸多诗词我们可以得知，捣衣都是在深秋至初冬的夜晚进行。比如张耒《风流子》"木叶亭皋下，重阳近，又是捣衣秋"，又如曹毗《夜听捣衣》"冬夜清且永，皓月照堂阴。纤手叠轻素，朗杵叩鸣砧"，再如贺铸的《捣练子》"斜月下，北风前，万杵千砧捣欲穿"。所谓捣衣，是为赶制寒衣，即过冬的衣装。古时男子总因兵役徭役或求取功名而远离家乡，要么戍边塞外，要么浪迹天涯，守家的女人在季节变换的时令便需预先准备"授衣"给漂泊的儿子或夫君。

《诗经·豳风·七月》云："七月流火，九月授衣。"九月是开始赶制寒衣的时间，所以张耒说"重阳近，又是捣衣秋"，这个过程大约要持续到农历十月冬季终，因为授衣的需求不同，捣衣的时间也不尽一致，具体依时间、地域和气候状况而定。比如白居易的这首诗：

江人授衣晚，十月始闻砧。一夕高楼月，万里故园心。

(《江楼闻砧》)

已是初冬，香山居士登临江楼之上，闻听阵阵渗透着清寒的捣衣声，他直接联想到的并非闺阁中的思妇，或者宦游的浪子，而是自己的乃至无数他者的故乡。这就扩展了"捣衣"主题的外延，砧杵声作为一个特定符号具有了更宽广、丰富且意指稳定的内涵。思乡之情，无论何人何时何地都是一样的，"一夕高楼月，万里故园心"，精巧的对仗毫无斧凿之痕，看似平静的抒怀，却字字句句如砧杵敲击在读者的心房。这个时候的白居易，大概潜意识里早想起了先人谢惠连的捣衣诗："裁用笥中刀，缝为万里衣。"两位诗人分别站在男人和女人的一边自说自话，却不知觉间异口同声。一个在家中，缝为万里衣；一个在远方，万里故园心。因了今夜这动人的砧杵声，一件寒衣，两颗心灵，便在此际团聚在一处，天涯共此时。

谢惠连的《捣衣》，诗眼落在最末两句——前提是"君子行不归"，束语是"缝为万里衣"。《诗经》写男女离聚之情调，说的是"既见君子，云胡不喜"，在谢惠连的诗中，君子远游未归，显见女主人是欢喜不得，所以才有"檐高砧响发，槛长杵声哀"。在高阔的屋檐下，在长长的门柱间，女人挥动着木杵，一声声叩响庭院里的石砧，这砧声家家户户接连成片，便音传天外，声动穹庐。在有唐盛世，人口密集，疆界广大，这种场景想必更是盛况空前，人们在静谧的秋夜里，悄悄聆听着这清冷、笃定、连续的捣衣交响曲，哪个能不动容，何况诗人们敏感多情的诗心？

《文选》谢诗题注曰，"妇人捣帛裁衣，将以寄远也"，"捣衣"以"寄远"，正是这一层含义为后世诗人所敷衍引申，于是原本属于闺阁内外的砧杵之声，终于大规模地普遍出现在以男性作者为主体的唐代及后世诗词中。王维送从弟游淮南，闻听砧声，出口却是不动声色，"江城下枫叶，淮上闻秋砧"（《送从弟蕃游淮南》），这是王维诗的高超之处：含蓄深邃，却轻描淡写。相比之下，李后主耳畔的砧声却正敲打着他的百转愁肠："深院静，小庭空，断续寒砧断续风。无奈夜长人不寐，数声和月到帘栊。"（《捣练子》）李煜听到的砧声，不但"寒"，而且"断续"，连吹送砧声的晚风，也都是断断续续的，这就全然不似王摩诘那般从容。然而更不"从容"的还大有人在，刘长卿写"声声捣秋月,肠断卢龙戍"(《月下听砧》),听砧声已经听得断肠,杜荀鹤似还嫌不够,愈加渲染"不及巴山听猿声,三声中有不愁声"(《秋夜闻砧》),猿声也是古典诗歌里烘托哀愁的经典意象,在荀鹤看来,比起砧声还是差些。不过荀鹤此语大概得自他的前辈诗人,"郊寒岛瘦"之一的孟郊:

> 杜鹃声不哀,断猿啼不切。
> 月下谁家砧,一声肠一绝。
> 杵声不为客,客闻发自白。
> 杵声不为衣,欲令游子归。(《闻砧》)

"慈母手中线,游子身上衣",孟郊写过不少关于游子的诗篇,他的诗确似捣衣的寒砧一般,清苦而凄独。在这砧声里,连啼血的杜鹃声都不显得哀,连两岸的猿啼都不显得切,天地月色下,只有这令人肠断的商音。杵声不为客而发,可是客闻罢鬓发已斑白!杵声本为捣衣而响,而今竟然只是为了唤得游子归来!孟郊是如此心急,沉不住气了,如箭在弦,不得不发——四句诗,连用四个"不"字,如离弦之箭,连环射出,

163

愈发显得语意紧迫、逼仄和急切。

当我们再次回顾西汉班婕妤和六朝谢惠连的两首作品，与孟郊诗相对照，我们发现，捣衣这一文学意象的内涵已发生了悄然蜕变。班氏捣素，优游娴雅，哀而不伤，虽有怀君意，终是贵族风采，更无游子意，故人情，得之于此，也失之于此；谢诗捣衣，古韵从容，天地辽阔，燕居远思，哀愁只淡淡写出，便寄与良人，怀人寄远之意始有肇端；孟郊闻砧，婆子心切，便把那心窝里愁情哀苦尽数敲出，写尽寒砧悲情，然末了处终能敛手而止，如酒狂欲作又复归平静，伤则伤矣，尉声已出。

捣衣主题，两汉六朝至于唐，思归寄远、念乡怀人之意蕴渐趋定型。六朝之后，诗人不再需要如谢惠连那般细致铺陈捣衣女子的情境、动作和状态，提笔写上两字，诗意就在其间。你看老杜的顺手点染，便是一幅山水巨制：

> 玉露凋伤枫树林，巫山巫峡气萧森。
> 江间波浪兼天涌，塞上风云接地阴。
> 丛菊两开他日泪，孤舟一系故园心。
> 寒衣处处催刀尺，白帝城高急暮砧。
>
> （《秋兴八首》其一）

这确是大手笔，老杜这诗的写法，好比现代画家傅抱石的泼墨山水画。傅抱石作山水，常用四川老皮纸，酒酣耳热之际，饱蘸水墨，尽情挥洒，俯察之时，画面上的山山水水早已元气淋漓。然而若只是一味挥洒逞兴，绝非妙手，傅老每于画面关节处，细致勾描点景人物，情态毕肖，若画龙点睛，神完意足。综观画作，山水树石大气磅礴，不拘小节；点景人物精致绝伦，倾倒人心。这一粗一细，一放一收，一开一合，正是大家本色。

老杜的诗，雄浑大气自不必说，前面对景状的描写早已铺天盖地，将读者卷入诗中。关键是最后那一句，仿若电影里的推拉镜头，原本是居高临下，广角全角，忽然间画面一收，镜头拉近又倏忽宕远，瞬间定格在巍巍群山之中高高的白帝城上，而遥瞰挥洒这一切雄壮的，正是城头上的诗人。这还不够，一切澎湃的音响、绚烂的色彩此刻全部消失了，暮色苍茫里，只有一记记急切凄清的砧声，占据了整个屏幕和观者的耳朵，影片戛然而止。

杜诗结尾处的砧声，就是傅抱石泼墨山水里的点景人物。这一点不同于诗仙太白，李白的《子夜吴歌》，全从阔处起落，如鸿鹄飘举，过往无痕。譬喻作画，则类似齐白石的山水，天真烂漫,大巧若拙。

> 长安一片月,万户捣衣声。
> 秋风吹不尽,总是玉关情。
> 何日平胡虏,良人罢远征。

开头两句,好似自天外飞来。李白的诗,尤其那些仿古及民歌作品,不似杜诗的博雅深沉,全凭天才纵使,所以逸兴横飞。而齐白石的山水,看似毫无技法可言,山石几无皴法,杂树也是捉笔立就,但作品的意味却远在画外。这就是艺术的境界。

谈到艺术,不妨略谈古琴。唐代琴曲《捣衣》,据传便出自太白的这首《子夜吴歌》。琴曲伊始,古琴弦便模拟一阵阵砧杵的和鸣,论者以为此曲的起始处所表达的即是"感秋风而捣衣"。历来琴家演奏此曲多发挥其秋意寂寥、离别愁苦之韵味,现代著名琴家"梅庵派"代表徐立荪反其道而行之,赋予其跳宕的节奏,活泼的韵律,意在表现古代妇女集体劳作时的场面和气势。

其实，对于艺术，各人自有见解，很难评判高下，尤其难说正误。再者，艺术家的性情有别，作品的表现力及手法也不可等同划一。以《捣衣》论，徐氏对此曲的理解，大概可以从宋摹本的《捣练图》画意寻得依据，从张萱的画作中我们看到的只是繁华忙碌的劳作片段，的确读不出清愁和哀切。但若以此否定诸城派及其他琴家演奏《捣衣》的风格就失之偏颇，容易走入另一个误区。

因为说到底，作为劳作行为的捣衣，和作为文化意象的捣衣，本不是一回事。前者的行为主体是捣衣的妇女，她可能心底也自有思念和愁苦，但也可能一时忘却，甚至一边捣衣一边嘴上哼着小曲；而后者是诗人的捣衣，诗人不曾捣衣，却比那捣衣的人更感触良深，乃至泪流肠断。所以琴棋书画、诗词歌赋本自相通，琴人当会斟酌取舍。

一闻清砧，游子心切；一听寒杵，远人思归。这便是捣衣之意象内涵。其实，在捣衣这一行为之外，作为捣衣对象的衣料或衣物本身，尚更有一层意味在。

"衣"在中国传统文化体系中是一个不同寻常的象征和主题。《诗经·秦风·无衣》写道："岂曰无衣？与子同裳。王于兴师,修我甲兵。与子偕行。"衣服不仅仅是衣服这件物品而已,甚至超过了遮体、保暖、装饰的本义,在某种程度上,衣服便代表着穿衣主体自身。所以古典小说里,某些军事首领为招降心仪的猛士,或者对自己的武将表示关爱,常常会解下自己的战袍,披到对方的身上以示恩宠或亲密无间;而自古忠烈义士亦有衣冠冢供后世崇拜瞻仰,一衣一冠,便系着烈士之英魂。

衣物自古乃主人立身天地之象征。故而,孔子的弟子子路在舍生取义之际,仍不忘正身扶冠,身虽死,衣冠不得不整也;而屈原在遭遇放逐之时,仍发出铿锵之鸣:"新沐者必弹冠,新浴者必振衣。"在中国儒家文化中,衣冠正是承载礼仪、体现"道"的重要媒介。

> 制十有二幅,以应十有二月。……五法已施,故圣人服之。故规矩取其无私,绳取其直,权衡取其平。故先王贵之。(《礼记·深衣》)

深衣是古人常着的衣服款式,其下裳以十二幅度裁片缝合,以应一年十二月,是为崇敬天时;圆袖方领,以示规矩,意为行事要合乎准则；背线垂直以示做人正直；下摆水平以示处事公平。天、地、人之道，便尽藏在一件衣服上。后世的国人，大概嫌这套规矩烦琐刻板，穿衣人不讲究，裁缝就更不去考究这些了。先人尊崇的"道"，连同传统的服饰和曾如此催动人心的捣衣声，都早已渐行渐远，直至湮没无闻。

那些消失的传统，那些传统的物事和意象，从此永远封存于古老的诗文里。偶然翻开唐代韦应物的诗集，我看到他那一年独自去登山，伫立阁楼，已是深秋，无边落木，冷雨潇潇。诗人忽然想念起自己远方的一个朋友，但也只是那样沉默地想念着，四下无言。那时分，陪伴他的是一片万户捣衣声，那声响就在他所驻足的山脚下连绵起伏：

踏阁攀林恨不同，楚云沧海思无穷。

数家砧杵秋山下，一郡荆榛寒雨中。(《登楼寄王卿》)

吴钩

吴钩是一种兵器，更是一个传说。它是一记符号，悬挂于衡门之下；它是一把利刃，在人心底闪着寒光。从古至今，蹉跎满志而不遇的才士，每欲发出不平之鸣，首先想到的就是那柄吴钩的清锋。

> 骢马金络头，锦带佩吴钩。
> 失意杯酒间，白刃起相仇。
> 追兵一旦至，负剑远行游。
> 去乡三十载，复得还旧丘。
> 升高临四关，表里望皇州。
> 九途平若水，双阙似云浮。
> …………
> 今我独何为，坎壈怀百忧。(《代结客少年场行》)

这是南朝鲍参军的快意恩仇，他笔下的少年侠客，有自己的影像，更多的是人生心境的写照。诗里的侠士开始是如此华丽和潇洒，终究却是如此落寞与悲凉，诗歌前部分的慷慨激越，与结尾处的伤怀孤独形成色彩鲜明的对比。可是，诗人并没有陷入无尽苦闷的阴霾，我们从诗里读得出人生的苦短和无常，然而也仅限于此，诗歌的意境高远而浑朴，这份古拙的大气冲散了缱绻的忧郁和苟且的私情。

这就与后世的婉约调有力地区别开来——同样是表达欢乐和忧愁，欢乐和欢乐却不一样，忧愁与忧愁也完全不同。所以读诗、论画，欣赏任何艺术都是如此，寻常所谓的"基调"和"意境"之外，还有一层更深的基调和意境，就像光谱尚有肉眼不见的红外线和紫外线，需要用深切的心灵去体悟，不可言传。

鲍照身处南朝宋，南北朝距汉晋未远，所以古意犹存。我们常见学书法的人，老师告诉他要"入晋"，乃至比晋代更古更远，去学习甲骨篆籀，钟鼎碑版，所欲学的其实并非笔法，更非字形结构，乃是那份难可名状的融融古韵和泠泠风度。诗歌亦如此，同样是"田园诗"，陶渊明的诗歌况味，比孟浩然的沉郁；同样是"叙事诗",《木兰诗》就比唐人的作品自然质朴，四两拨千斤。

鲍照笔下的吴钩少年，所体验的其实便是汉代《古诗十九首》所写的"生年不满百，常怀千岁忧"的"忧"。这个"忧"可以是个体的，也可以是民族的，但更多是人世的。譬若屈原的《天问》，看似毫无意义，与其说是诗赋艺术，不如说更近于哲学思索。然而古人正是如此——他们坐在大地上想人世，站在天宇下思人生，天地间就我这么一个人，如此而已。后代人站在喧嚣的人群里高喊先贤的"天地人合一"，那多少类似痴人说梦，讲给懵懂人罢了，恐怕自己也未必信呢。

所以，佩带吴钩的游侠，只能在中古之前的时代出没。史书中记载的那些春秋战国的侠士和刺客，可能偏执，可能愚笨，甚至往往善恶不辨，皂白不分，但都活得纯粹——为知己者，一死而已。唐代诗仙李白，最以崇尚游侠著名，他自然也倾心鲍照。比如那首《侠客行》，便有鲍诗的痕迹：

赵客缦胡缨，吴钩霜雪明。银鞍照白马，飒沓如流星。
十步杀一人，千里不留行。事了拂衣去，深藏身与名。
…………

这完全是李白的想象和憧憬，《侠客行》里的侠客，别说李白难得一见，就连鲍照恐怕也如是。身佩吴钩的剑客，早已从现实转入诗歌的字里行间；而诗人笔下剑客的吴钩，也从天地人纯粹的思想世界转入个体与社会的滚滚红尘。

文人捉笔，惯于敷衍铺陈，只为一吐"胸中逸气"。然而同样写吴钩，同样一吐"逸气"，意思和取向全然不同。且看这一首：

男儿何不带吴钩？收取关山五十州。
请君暂上凌烟阁，若个书生万户侯！

（《南园十三首》其五）

这是英年早逝的天才李长吉心中的呐喊。贫寒而短命的"诗鬼"终生与功名利禄无缘，更与万户侯无涉，然而一切人生的苦闷和压抑，都掩盖不了诗人心灵深处一把吴钩冷艳的光芒。在李贺眼中，吴钩的确是冷艳魅惑而充满不可阻挡的魅力的，因为那是权力和荣耀的象征。李贺深怀"百无一用是书生"的悲情，在他看来，诗书万卷也比不上军刀一柄。彼时，大唐已过盛世，藩镇割据，宦官弄权，国势腐败破落的危机笼罩朝野。

自叹生不逢时的李贺，诗咏吴钩，在此情此景的历史关头会想写些什么呢？"骢马金络头，锦带佩吴钩"？自己尚且为衣食侍养而忧虑重重，哪能有心思去做潇洒的游侠。"十步杀一人，千里不留行"？绝不是他的性格和理想。"挽狂澜于既倒，扶大厦之将倾"？那更是轮不到他无足轻重一介小小穷书生。李贺到底落笔了，提笔便是"男儿何不带吴钩"，何其豪迈，然而诗眼却是末两句——请诸位到凌烟阁上看一看，这些个达官贵人们，哪一个是像我这样的读书人？！小李的心思暴露无遗，他赞誉吴钩，为的是俗世的功名。

当年，唐太宗李世民为颂扬和纪念辅助他建国和登基的二十四位功臣，特命阎立本为他们绘像于凌烟阁之上。在包括李贺在内的常人眼中，这些个王侯将相的富贵荣华，是足使人长羡不已的。在贫病线上挣扎的李贺，对此只能望尘莫及：不是我没有才华，实在是它没有用，当个好秀才不如当个兵！

对于李贺来说，吴钩不再是快意恩仇的刀剑，而是建功立业的法宝。而且，在李贺的诗歌里，吴钩从武侠的世界转入军事和战场。这倒是鲍照和李白都没有预想到的。

其实,凌烟阁二十四功臣至少一半是书生,何况其中真正"带吴钩"的那几位,排名都远在这些"书生"之下。这真应了那句话:千古文人侠客梦。但凡文人,心底里多少都有些游侠意气,尚武精神;反过来说,武夫有了造诣,倒都惧怕和推重文化。而且,文人的才气越大,武侠的梦越大,反之亦然。文圣人孔子尚武,武圣人关羽崇文就是最好的明证。至于太白喜负剑,东坡要挽弓,更成文人的榜样,就连素以轻描慢写婉约词名世的纳兰容若,也提笔话吴钩:

何处淬吴钩?一片城荒枕碧流。曾是当年龙战地,飕飕。塞草霜风满地秋。

霸业等闲休,跃马横戈总白头。莫把韶华轻换了,封侯。多少英雄只废丘。(《南乡子》)

当然,纳兰身为满清贵族,精于骑射,又是康熙身前一等侍卫,实是难得的文武双全的人才。有意味的是,在纳兰心底,始终存有一方净土,他厌倦官场生活,倾心诗词书画,乐于结交布衣高士。拥有功名富贵，不溺于功名之累，马上吟诗，窗下挥毫才是他真正的乐趣和渴望。一句"莫把韶华轻换了，封侯"与李贺那句"若个书生万户侯"竟成强烈的比照。

李贺内心深处是多么渴盼衣锦荣华，功成名就啊，他希望腰佩吴钩，"收取关山五十州"，可是晚他八百余年的纳兰却沉重地说"跃马横戈总白头""多少英雄只废丘"。是李贺积极进取，还是纳兰消极退后？都不是。不是因为二者没有比较性，而是因为两者其实是一回事。李贺的吴钩和纳兰的吴钩，其价值取向都是社会性的，所关涉的无非个人与社会的矛盾如何解决或协调。他们的关注点不在个体精神，也不在人世的哲思，更不在国家的命运和民族的前途。同样描写"英雄白头"，宋代的辛弃疾就与纳兰立意心思迥然有异。

> 醉里挑灯看剑，梦回吹角连营。八百里分麾下炙，五十弦翻塞外声，沙场秋点兵。
>
> 马作的卢飞快，弓如霹雳弦惊。了却君王天下事，赢得生前身后名。可怜白发生！
>
> （《破阵子·为陈同甫赋壮词以寄之》）

与纳兰相似，辛稼轩同样是历史上罕见的文武双全的大诗人。但稼轩更是一位爱国者和军事家，他的心意全在国家之上，其战略眼光和军事才干也常人罕比。所以不论气魄格局，都远非纳兰所能颉颃。

这首《破阵子》的词眼正在词尾，前面无数慷慨激昂的铺陈，全被最末一句"可怜白发生"顿时消解。稼轩对英雄"白发"满怀悲叹，昂扬着不平之气，张力丛生；纳兰对英雄"白头"冷眼旁观，充满厌倦，词调渐渐转入消沉枯寂。纳兰问"何处淬吴钩"，意思是一切武功不过是虚无；稼轩"醉里挑灯看剑"，满眼是对武功治国的渴望、怜惜和悲悯。这个眼神，纳兰体会不到，但另一位豪放派词人张孝祥却深深地懂得。

> 雪洗虏尘静，风约楚云留。何人为写悲壮，吹角古城楼。湖海平生豪气，关塞如今风景，剪烛看吴钩。剩喜然犀处，骇浪与天浮。
>
> 忆当年，周与谢，富春秋。小乔初嫁，香囊未解，勋业故优游。赤壁矶头落照，肥水桥边衰草，渺渺唤人愁。
>
> （《水调歌头·闻采石战胜和庞佑父》）

同样面对古战场，张孝祥感悟的是"愁"，而纳兰体会的是"休"。张孝祥与稼轩一样，满怀忧国之思，思慕前贤——要是此时此际还有指挥赤壁之战的周公瑾、淝水之战的谢安石在，对抗外患，驱除鞑虏，又有何愁！可惜，可惜的是"风流总被，雨打风吹去"，如今只有那"赤壁矶头落照，肥水桥边衰草"，英雄才士不见，在这物是人非的"关塞如今风景"中，我只能"剪烛看吴钩"！

一位"挑灯看剑"，一位"剪烛看吴钩"，志士忠心可鉴，一个"看"字，写尽胸襟间的无奈。

如果说李贺拿吴钩来写军事，尚是偶一为之的话，两宋词人及其后代诗人写吴钩，用作描绘军事武功，便习以为常了。吴钩从此既可用于写游侠，抒发个人主义精神；也可用以说军事，表达定国安邦的怀抱。有时候两种情形同时出现在同一位诗人笔下，比如有明一代的诗人代表高启。高启的两首诗都写到吴钩，一篇就以之命名：

吴钩若霜雪，吴人重游侠。樽前含笑看，上有仇家血。

(《吴钩行》)

这是侠之钩，另一篇则是军之钩：

> 楚客佩吴鸿，临边最有功。读书围壁里，赌酒射堂中。
> 旆出莎城雨，笳吹柳浦风。越人相感意，应与暮潮东。
>
> （《送越将罢镇》）

所谓"楚客佩吴鸿"，吴鸿正是吴钩的别称，这牵涉到有关吴钩来历的一则历史典故。先看《越绝书》的记载："阖闾既重莫邪，乃复命国中作金钩。有人贪王赏之重，杀其两儿，以血衅钩，遂成二钩，献之阖闾，诣宫求赏。"

春秋时代吴国国君阖闾尚武，喜爱宝剑，又发布重赏令国人作钩，于是有钩师为制宝钩杀掉自己的两个儿子，以血衅钩，前来求赏。接下来的描写，以《吴越春秋》更为详细：

> 王曰："为钩者众，而子独求赏，何以异于众夫子之钩乎？"作钩者曰："吾之作钩也，贪而杀二子，衅成二钩。"王乃举众钩以示之："何者是也？"王钩甚多，形体相类，不知其所在。于是钩师向钩而呼二子之名："吴

鸿、扈稽，我在于此！王不知汝之神也！"声绝于口，两钩俱飞着父之胸。

阖闾问钩师：你的钩有什么不一样？钩师如实回答。阖闾举起面前众多的钩问哪个才是，于是钩师向钩哭唤二子的名字：吴鸿、扈稽，显现神通给大王瞧瞧！话音未落，两钩齐刷刷飞到钩师胸前。接下来的结局是，阖闾大惊，于是重赏钩师，自此宝贵双钩。

吴钩之名，由此流传。但吴钩的真容，无人识见。在南朝鲍照的时代乃至之前，吴钩的形貌就已经成为传说。西晋左思的《三都赋》写"吴钩越棘，纯钩湛卢"，只是泛泛而谈，将之视为名品兵器的代称而已；唐诗里多次出现的吴钩更是成为诗人惯用的意象符号，也没人较真何为吴钩；而北宋的沈括在《梦溪笔谈》里则干脆认为吴钩就是一种弯刀："唐人诗多有言吴钩者，吴钩，刀名也，刃弯。今南蛮用之，谓之葛党刀。"宋距古已远，沈氏的结论更不可靠。

吴钩到底什么样也许很重要，但我更关注的是一则文化意象背后所蕴含和呈现的传统思想的脉络和精神。由春秋汉晋，到唐宋明清，乃至近现代，一柄无形的吴钩，贯穿于国人志士的灵魂深处，时隐时现，这是耐人寻味的。一柄吴钩的背后，是一个个时代风云变幻的起伏。

历史的车轮驶到了晚清，此际帝国的大厦早已是风雨飘摇。青年时代的李鸿章，满怀经世治国的抱负和文治武功的期许，赶赴京师，壮志踌躇中挥毫写就豪壮的诗句：

丈夫只手把吴钩，意气高于百尺楼。

一万年来谁著史，三千里外觅封侯。

定将捷足随途骥，那有闲情逐水鸥。

笑指泸沟桥畔月，几人从此到瀛洲？（《入都》其一）

纵观李鸿章一生，青云得志，叱咤纵横，平内乱、搞洋务，不愧一代名相。可叹晚节一遭毁于国难，重压之下，举目无援，只身独挡舆论之重压和政敌的冷笑，且背负"宰相合肥天下瘦"的嘲讽，一张《辛丑条约》签罢便撒手人寰，足使人发千古之悲。反观青年时代此诗，那股"只手把吴钩"的意气尚在否？唯余卢沟桥畔的波心冷月无声。

与之可以对照的是那位奇女子——鉴湖女侠秋瑾。秋瑾活跃的年代,李鸿章已垂垂暮年,不久于世。此时的秋瑾,和三四十年前的李鸿章一样,同样地胸怀天下,同样地意气风发,同样地壮志凌云。"不惜千金买宝刀,貂裘换酒也堪豪",刀和酒这两样过去时常出现于古代豪杰之士笔下的意象物,如今时常闪烁在女侠的字里行间。不经意间,她也极其自然地联想到了传说中的吴钩,在写给友人的一封信中,秋瑾用一首诗鼓舞对方投身革命,同时以此自勉明志:

何人慷慨说同仇?谁识当年郭解流?
时局如斯危已甚,闺装愿尔换吴钩。(《柬徐寄尘》)

"时局如斯危已甚",内忧外患,山雨欲来风满楼。时代又到了紧要关头,诗人再次想到古老的《诗经》:"修我戈矛,与子同仇。"想到了汉代疾恶如仇的大侠郭解,想到那终于有了用武之地的吴钩,"天下兴亡,匹夫有责",何如女流?

吴钩也好,宝刀也好,在胸怀远大的革命家的笔底,都能激荡起石破天惊的风云,便是金戈铁马、挥斥方遒的象征,哪有闲情去考察那传说中的吴钩到底长什么样？

历史的天空下，人事几番桑田沧海。闭目静想，吴钩如月，转换无声。今月曾经照古人，古往今来，这月钩多少离合圆缺。鲍照人世的吴钩，李白个体的吴钩，李贺社会的吴钩，稼轩国家的吴钩，秋瑾民族的吴钩，重重叠叠巡回闪现，又一个个消失。

《水浒》开篇引唱"试看书林隐处，几多俊逸儒流。虚名薄利不关愁，裁冰及剪雪，谈笑看吴钩"，和《三国》所引词是一个腔调，"一壶浊酒喜相逢，古今多少事，都付笑谈中"。说书人可以唱，也可以付诸笑谈，但历史的当事人不可能这么轻松，因为每个人都活在当下。这就是对历史的包容。

写吴钩的诗句，我认为最好的，还是稼轩：

> 楚天千里清秋，水随天去秋无际。遥岑远目，献愁供恨，玉簪螺髻。落日楼头，断鸿声里，江南游子。把吴钩看了，栏杆拍遍，无人会，登临意。（《水龙吟·登建康赏心亭》）

荼

白

清风

作为自然现象的风，人们再熟悉不过。在东西方的早期哲学思想体系里，不论中国经典的"五行""八卦"，印度古吠陀时代的"五大"、佛经的"四大"，还是希腊哲学的"四大"——"风"都是组成物质世界的最基本的元素。

风能化育万物，也能摧折万物。老子说"天道无亲""天地不仁"，作为天象的风，本无所谓品性，也无所谓内涵；是人们感受到不同的风，而报之以不同的喜恶。《易经》以风象巽，主入、主柔、主顺；《诗经》以风作乐，遂有十五国风；孔子以风比德，曰"君子之德风"；庄子以风通神，云"大块噫气，其名为风"。历代诗人感春风、悲秋风、惧狂风、喜和风，而最为中国人所称道和推崇的莫过于"清风"。

"清风"在传统文化和古典文学中，是最经典的意象之一，

堪与"明月"比肩,同为第一流意象;它象征着美德、正气,高洁的品格和自由的精神。清风意象地位的确立,实得自《诗经》:

> 吉甫作诵,穆如清风。(《大雅·烝民》)

《烝民》是西周尹吉甫赠别仲山甫的诗,二人同为周宣王时代的贤臣。仲山甫奉命筑城于齐,尹吉甫赋诗相送,赞扬仲山甫的美德及其辅佐宣王之盛况。全诗虽以说理为主,却蕴藉典雅,意致高妙,尤其结尾四句:"吉甫作诵,穆如清风。仲山甫永怀,以慰其心。"用清风设喻,表达了殷切的希望和诚挚的祝福。穆,和美;清风,清和的微风。以风入诗,以诗誉德;美好的诗篇赠给美好的人,美好的品德一如美好的和风。从此,"清风"吹入人心,吹过春秋,吹过汉唐,吹拂数千年,直至如今。

汉诗:"穆穆清风至,吹我罗衣裾。"诗歌虽写闺情,却直接化用了《烝民》的诗句,以和美的清风烘染女子之柔情。晋诗,左思的《咏史》:"长啸激清风,志若无东吴。"这里的

"清风",词语内涵依然保留"和美"的本义,但外延则由"高尚"转为"高远",表达的是男儿的志气。唐代以降,各路文坛圣手以纷繁情思与妙笔抒写清风,意随境转,清风骀荡,美不胜收——张九龄"白水生迢递,清风寄潇洒";王昌龄"客来舒长簟,开合延清风";李白"清风洒六合,邈然不可攀";高适"清风几万里,江上一归人";刘长卿"清风何不至,赤日方煎烁";韦应物"赖此林下期,清风涤烦想";黄庭坚"清风明月无人管,并作南楼一味凉";晁补之"一笑为驱烦暑,故人元是清风";杨万里"欲遣清风扫乱云,先将一雨净游尘";扬无咎"归去北窗高卧,清风不用论钱"……

唐宋诸贤名篇,咏风抒怀,各有千秋。然而若举一人为清风代言,则非东坡居士莫属。苏轼喜咏清风,大概与他毕生信奉和实践的、对儒家之君子人格的追求有直接的内在关系。正如明月之于李白、白云之于王维、青山之于稼轩,清风之于东坡——人与物,互为知音,彼此成就;清风是东坡的寄托,是东坡的外化,也是东坡的理想——如同那些历史上的往圣先贤、忠臣良相,他们都是苏轼的偶像。

尤其对于孟子,苏轼格外敬仰和关注;他的很多诗文,都化用或表述过孟子的思想。如东坡词的名句"一点浩然气，千里快哉风"，就出自《孟子》"我善养吾浩然之气"东坡词之"浩然气"，便是"快哉风"；便是正气，也便是清风。清风无时无刻不在陪伴着东坡——失意处，"我欲乘风归去"；得意时，"明月清风好在哉"；诙谐时，戏唱"从此南徐，良夜清风月满湖"；深沉处，慨叹"幸对清风皓月，苔茵展、云幕高张"……清风明月，在诗文中经常并举，而苏轼对待它们的认知和态度并不总是相同。比如他的名篇《赤壁赋》：

> 盖将自其变者而观之，则天地曾不能以一瞬；自其不变者而观之，则物与我皆无尽也，而又何羡乎！且夫天地之间，物各有主，苟非吾之所有，虽一毫而莫取。惟江上之清风与山间之明月，耳得之而为声，目遇之而成色，取之无禁，用之不竭。是造物者之无尽藏也，而吾与子之所共适……

在这里，苏轼对二者是单纯地以物视之，江上清风、山间明月，即天地造化之物。此文中，苏轼借主客互答的形式，发明其对宇宙人生之见解，他以儒家为底色，参以禅学，再融以庄子"齐物论"的思想：明月清风是物，"我"也是物，皆是色相；然而，色即是空，所以"我"不必"哀吾生之须臾"，也不必"羡长江之无穷"，此即庄子的"天地与我并生，而万物与我为一"。一切悲喜情识之感受，无非"耳得之而为声，目遇之而成色"，是"五蕴"之作用，是一念无明。所以，若不悟此理，此心虽与天地万物同在，终不出轮回；若照见本心，则我有尽，天地亦有尽；我无穷，风月亦无穷。

苏轼在《赤壁赋》中关于"清风明月"的议论，是对李白"清风朗月不用一钱买，玉山自倒非人推"（《襄阳歌》）的萃取和提升。在李白眼里，清风朗月可以不花一钱尽情享用；酒醉之后，诗人像玉山一样倒在风月中——这是魏晋风流的潇洒适意，诗仙像清风一样高洁、不羁和自由，他没有东坡那一丝沉重。假使也拿"竹林七贤"来大致作比，若说李白像刘伶和嵇康，苏轼却更像阮籍。阮籍在文学史上率先寄意明月清风，写出了它们的气度：

夜中不能寐，起坐弹鸣琴。薄帷鉴明月，清风吹我襟。

孤鸿号外野,翔鸟鸣北林。徘徊将何见?忧思独伤心。

(《咏怀》)

这不是闲情文人的多愁善感,这是黑暗乱世的仁者之思。晋代政治腐败,环境险恶,可谓外忧内患,民不聊生。一般文人往往于此也只是忧谗畏祸而已,害怕随时会掉脑袋。然而阮籍的忧患并不止于此,他有屈原"恐皇舆之败绩"之惧,有"哀众芳之芜秽"之悲,也有"哀民生之多艰"之忿。所以,《晋书》写阮籍"时率意独驾,不由径路,车迹所穷,辄恸哭而反"。这是阮籍发泄之法,他忧国忧民却无能为力,便学屈原"回朕车以复路兮,及行迷之未远",驱车狂奔,"行到水穷处",痛哭一场再回家。

对阮籍,苏轼是十分理解的。虽然东坡生逢"盛世",本可大展宏图,轰轰烈烈干一番利国利民的伟业,却因党争而陷入士大夫阶层的"内卷";围绕王安石变法,新旧党"你方唱罢我登场",苏轼的理想、才华和光阴就这样虚耗在政治的旋涡中,年复一年、消磨殆尽。至"乌台诗案",贬谪黄州后,苏轼将无限忧恨尽数倾泻于笔端,他被动地迎来了自己文学创作井喷式的巅峰。除了《赤壁赋》，还有《寒食诗》，诗末曰："也拟哭途穷，死灰吹不起。"说的正是阮籍。苏轼行笔至此，脑海中浮现的是八百多年前的夜色——那个独坐在泠泠明月下抚琴的身影，一任清风吹乱了他的衣襟，琴声越千载，风月两无言。

苏轼懂阮籍，李白却不懂。然而李白身为道教徒，最向往魏晋风流，崇尚名士范儿。他一方面怀有壮志，崇拜诸葛亮、谢安，希望像他们那般"相与济苍生"；另一方面又渴慕屈原、陶渊明，为他们"神乎其人"的魅力所折服。然而，他只是个永葆天真的孩子，既无谢安之流的老辣城府，又无陶潜等人的"爱与哀愁"；李白只是李白，李白就是李白。屈原挚爱兰，李白也写兰：

孤兰生幽园，众草共芜没。虽照阳春晖，复悲高秋月。

飞霜早浙沥，绿艳恐休歇。若无清风吹，香气为谁发？

（《古风》）

李白写兰写清风。然而他终于还是误会了——"若无清风吹,香气为谁发",只是他的一厢情愿——兰是君子,清风也是君子,君子和而不同。"芝兰生于深林,不以无人而不芳。"清风来与不来,"孤兰"就在那里——静静地生,静静地放,静静地香。诗仙不懂清风也不懂兰,他应该仔细体味一下自己偶像的同题诗篇:

> 幽兰生前庭,含薰待清风。清风脱然至,见别萧艾中。
> 行行失故路,任道或能通。觉悟当念还,鸟尽废良弓。
>
> (《饮酒》)

陶潜写兰写清风。"此中有真意,欲辨已忘言。"在李白笔下,对"孤兰"来说,"清风"是知己,更是贵人;兰欲发香气,乃有求于清风。换句话说,"孤兰"在野而"清风"在天,兰香即"名帖",兰对风是"干谒"。而在陶潜笔下,"幽兰"和"清风"是君子之交淡如水,是"如切如磋,如琢如磨",是相互砥砺,是同气相求。正因得此境界,陶潜才能"夏月虚闲,高卧北窗之下;清风飒至,自谓羲皇上人"(《晋书·陶潜传》)。并不是说因为有风有月,名士才成为神仙;而首先是因为一个人的心境同清风一样清和，与明月一样澄澈，那么不是神仙也胜似神仙了。陶渊明的这种神仙境界，苏轼偶尔也会达到。比如这首：

> 闲倚胡床，庾公楼外峰千朵。与谁同坐？明月清风我。
> 别乘一来，有唱应须和。还知么，自从添个，风月平分破。(《点绛唇》)

苏轼月夜登楼，倚胡床乃思"元规啸咏"[1]，遥想魏晋风流。东坡之追慕庾亮，与李白崇拜谢安是一样的道理：两位前贤都既有明月清风之品，又有"兼济天下"之功。此刻，东坡不是一个人在赋闲情、赏清景，眼前的清风明月也与他泛舟赤壁之时不同，东坡在与清风、明月展开一场无言的交流——就像昔日的"虎溪三笑"[2]：陶潜、慧远和陆修静，成就儒、释、道

---
[1] 元规啸咏：东晋名臣庾亮（字元规）在武昌时，秋夜登南楼，偶遇下属也在此赏玩吟咏。众僚属很忐忑，庾亮却与大家一起咏诗谈笑，一座尽欢。后用此典形容文人吟咏赏乐的雅兴逸致。
[2] 虎溪三笑：虎溪在庐山东林寺前。相传晋僧慧远居东林寺时，送客不过溪。一日陶潜、道士陆修静来访，与语甚契，相送时不觉过溪，虎辄号鸣，三人大笑而别。后人于此建三笑亭。

以心相契之佳话。东坡有《次辩才韵诗帖》墨本真迹传世,记载他与辩才禅师的交游。平日闭门谢客的辩才每次却都送他过溪,正与"三笑"的故事相应,故而苏诗中有"我比陶令愧,师为远公优"句,陶令即陶渊明,远公则是指慧远和尚。比苏轼稍早的宋初著名诗僧智圆,有一首"清风"诗,诗中也表达了对慧远大师的仰慕:

> 四野炎炎暑气隆,危亭孤坐与谁同。
> 湖光淡荡涵残照,鸟影参差没远空。
> 消息浮生凭至理,破除烦暑赖清风。
> 明时不敢言招隐,自乐林泉慕远公。

(《夏日薰风亭作》)

释智圆是出家人,但主要精力却在吟诗作赋,他与隐士林逋是邻居,二人隐居西湖孤山,平日唱和同游。无论从哪一点上来说,智圆最钦服的人当然是他的偶像晋代高僧慧远大师。慧远大师居庐山,为佛教净土宗之祖,当时他创建东林寺,组建白莲社,弘扬佛法,道风日盛,各方名僧雅士都慕名纷涌而至：除了陶潜、陆修静之外，还有谢灵运、宗炳、刘遗民、雷次宗……皇帝也想约见，大师却称病不出。这样一位得道高僧，自然会成为后世人们永远仰慕和取法的榜样，在智圆的心里，慧远就是那"破除烦暑"的清风。

其实无论对陶潜、李白，还是苏轼、智圆而言，他们笔下的清风，说是同志也好、贵人也好、朋友也好、偶像也好，归根结底都是他们最理想的知音。孔子说"不友不如己者"，而"清风"一定是这样的高人，是知己，更是人生的向导。我们再看宋代法演禅师的开悟诗：

山前一片闲田地，叉手叮咛问祖翁。
几度卖来还自买，为怜松竹引清风。

据《五灯会元》记载，法演禅师往参白云守端大师，被白云叱骂一顿，心下顿悟，于是作了这首诗，得到了白云的印可。诗的大意是说学佛参禅在于自悟，老师只能作为外因（引清风），唯有通过内因（自买）才能起作用。理虽如此，老师还是相当重要的，要不然法演何苦从别处跑来拜师呢？显然，白云大师便是法演的"清风"。

回到东坡词,"明月清风我"——苏轼结交的高士大德太多,可这心底的清风是何许人呢?他没有说,我们当然也无从知晓。禅宗发展到宋,势头强劲,一时无两;"五宗七派"中以临济宗、云台宗门风最盛,高僧辈出;同时,儒释道"三教合流"之势已成,参禅也正是北宋士大夫的精神时尚。而苏轼的内心,终其一生都处于深刻的矛盾中。首先,他忠君爱国,渴望"三不朽",欲施展抱负,为生民立命,儒家思想是他的人生底色;然而,政坛的黑暗、仕途的坎坷使他向往道家的逍遥,羡慕先贤的隐士生活,所以在泛舟赤壁之际,他获得了"列子御风"的感受,"飘飘乎如遗世独立,羽化而登仙";而身为居士的东坡,在其晚年历经放逐、心如死灰的生涯里,更是企望通过佛理求得心灵的终极解脱;希望通过对佛法的参悟,找到那个与明月清风同坐的"我"。

东坡居士到底有没有找到?历尽九死一生,花甲之年的苏轼终于获赦回归中土,而他的生命也走到了尽头。弥留之际,他的朋友们叮咛他"勿忘西方""更须着力",东坡留给了世间他最后的遗言:"着力即差。"

学佛是为了解脱轮回，了却生死。从禅宗角度而言，就是要明心见性；所谓"自性即如来"，就是找回清净圆觉的本我，也便是那个"真如"。而禅宗是讲求顿悟的——悟了就是悟了，如电光石火，只在当下一瞬间；不悟就是不悟，再使劲也没用。所以，"着力即差"。然而人生在世，六根不净、五蕴炽盛、业力流转、因果难逃；红尘里有多少喜怒哀乐、爱恨情仇，就有多少颠倒妄想、积障难消。修行者在众多肯綮关节处，不用些力气怎么行？着力即差，不着力更不行——似乎东坡是想说：那力道要刚刚好，随因缘起，自然发生，穆如清风。

所以，东坡居士最后是否找到了"我"，恐怕很难给出答案。倒是另一位潜心向佛的大诗人——香山居士，在其一篇"不着力"的诗歌中，为我们呈现出一位觉悟者的生命状态：

眼前无长物，窗下有清风。(《消暑》)

明月

在中国古人的观念里,日为太阳,月为太阴。阴阳概念的提出,在人类思想史上是一个伟大的发明。而上古时代的中国人重阳抑阴,人们是崇"阳"的;所以,"天尊地卑,乾坤定矣",阳爻主导,阴爻顺从,这是《易经》贯穿始终的精神主旨。然而,就像我们总是讴歌母亲、赞美女性一样,翻开三千年中国文学艺术史,人们却都在吟咏月亮。在中国人的精神世界,太阴比太阳散发出更璀璨和久远的光芒。或许阴柔比起阳刚,更能抚慰尘世间苦闷的心灵。

> 月出皎兮,佼人僚兮。舒窈纠兮,劳心悄兮。……
> (《陈风·月出》)

这是中国文学史上的第一抹月色，诗人在皎洁的月光下倾诉着相思之苦，尽极缠绵，亦幻亦真，朦胧而动人。从《诗经》的"月出皎兮"，到汉诗的"明月何皎皎，照我罗床帏"；从曹植的"明月照高楼，流光正徘徊"，到鲍照的"朗月出东山，照我绮窗前"；从张九龄的"海上生明月，天涯共此时"，到晏小山的"当时明月在，曾照彩云归"……这一路下来的抒情诗，构成了中国诗歌"月下怀人"的传统——所怀的对象可以是情人，也可以是亲友；寄托的思念可以是情思，也可以是乡思。

明月千里寄相思，爱的思念最刻骨，也最深长，明月作为古往今来无数情人的见证者，目睹过多少悲欢离合——杜甫写"今夜鄜州月，闺中只独看"；杜牧写"欲寄相思千里月，溪边残照雨霏霏"；李益说"从此无心爱良夜，任他明月下西楼"；晏殊说"明月不谙离恨苦，斜光到晓穿朱户"；苏轼道"料得年年肠断处，明月夜，短松冈"；高明道"我本将心向明月，奈何明月照沟渠"……三千年文学史，说不完的明月，道不尽的情思。

望明月，起乡愁，古今人之常情。可是诗人的性情和景况不同，所处的环境和遭际不同，诗作里流露出的思乡思绪和风味就都不一样。王安石"春风又绿江南岸,明月何时照我还",是得志后的迷惘;王建"今夜月明人尽望,不知秋思落谁家",是宁静中的惆怅;杜甫"露从今夜白,月是故乡明",写出来轻健而有力;李白"举头望明月,低头思故乡",写出来却如话家常。

明月与故乡——若论"李杜"这两篇命题作文之高下,当然是老杜更好;然而说月,就离不开李白,人们最先想到的也一定是李白,他是明月的代言人。一生失意的诗仙,曾经无数次在月下饮酒、啸歌、舞蹈、呐喊、徘徊,他以月为友,明月是他的倾听者,是他心灵的守望者,是他孤独人生的知己和良伴。惆怅时,李白"举杯邀明月,对影成三人";欢畅时,"浩歌待明月,曲尽已忘情";幽独时,"手舞石上月,膝横花间琴";放浪时,"落帽醉山月,空歌怀友生"……李白与月亮太熟悉,熟悉到与月无话不谈;李白与月亮太亲切,亲切到像关心好友一样过问起对方的前世今生。于是,在某个一如平常的夜晚,李白郑重其事地端起酒杯,向这位老友发出了一连串的天问:

青天有月来几时？我今停杯一问之。

…………

今人不见古时月，今月曾经照古人。

古人今人若流水，共看明月皆如此。

唯愿当歌对酒时，月光长照金樽里。(《把酒问月》)

"今人不见古时月，今月曾经照古人"，这是诗人才思泉涌之际脱口而出的名句，似是而非，似非而是，妙趣天成，余味无穷。"古人今人若流水，共看明月皆如此"，是李白自己的总结，也是明月对李白的回答。人间万事如蚁蚋聚散，渺似沧海一粟；唯有恒常的明月，高悬天宇，光照古今。

谪仙人对月亮的依恋，既来自他怀才不遇、壮思难酬的困境和苦楚，更来自他秉承魏晋风骨的道教徒式的玄学哲思。李白的偶像陶潜说："人生无根蒂，飘入陌上尘。"面对世间的虚无和人生的短暂，似乎只有亘古不变的明月，才可抚慰诗人心头的惶惑与孤独。"天地者，万物之逆旅；光阴者，百代之过客"，李白继承了偶像的思想，他相信在这苦短的生涯，只须把酒对月，尽情享乐。他绝不会像李煜那般悲吟"春花秋月何时了",更多时候我们只看到李白的飘逸、豪放和洒脱——"明月出天山,苍茫云海间""山随平野尽,江入大荒流""小时不识月,呼作白玉盘""月下飞天镜,云生结海楼"……而最淋漓尽致地展现出诗仙风度者当推此篇:

> 弃我去者,昨日之日不可留;乱我心者,今日之日多烦忧。长风万里送秋雁,对此可以酣高楼。蓬莱文章建安骨,中间小谢又清发。俱怀逸兴壮思飞,欲上青天揽明月。抽刀断水水更流,举杯消愁愁更愁。人生在世不称意,明朝散发弄扁舟。(《宣州谢朓楼饯别校书叔云》)

这就是李白——即使在人生困顿的低谷,也能将苦痛化作激扬的高歌。平地生风,纵横捭阖,全以神运,大开大合,极具跌宕扶摇之势,腾挪于天地之间。他为叔叔李云饯行,不写离愁,不话别情,奔涌而下的都是胸中不平气。"俱怀逸兴壮思飞,欲上青天揽明月",是酒酣即兴之语,却诉尽了诗人的衷肠。此处的明月不仅是寄托愁思的对象,也不仅意味着永恒,月亮的圆满高洁,澄明寥廓,象征着一种正大光明、超凡入圣的境界，这才是李白的理想和追求。

正因为李白人生境界壮丽恢宏，他才不屑于尘世间的狗苟蝇营；因为不屑于名利场上的倾轧争斗，李白也从不曾把得失荣辱真正挂在心头。所以我们看他的诗总是乾坤朗朗，如长风万里，亦如皓月当空；而那些偶尔的阴郁和低沉，也很少是为己而发，大多是为了心心相照的朋友。当惊闻日本诗友晁衡渡海失事的噩耗，李白误以为好友已殁，哀吟"明月不归沉碧海，白云愁色满苍梧"。此处的明月，既是指知己，更是晁衡高洁人品的写照。在李白心中，只有光明高尚的人格，才配得上那至高的明月。而当得知诗人王昌龄遭贬放逐，李白为之愤懑，同样以澄明之月作比，给予暖心的安慰：

杨花落尽子规啼，闻道龙标过五溪。

我寄愁心与明月，随君直到夜郎西。

（《闻王昌龄左迁龙标遥有此寄》）

"自古圣贤皆贫贱，何况吾辈孤且直！"李白对自己偶像鲍照的这句诗最是熟稔；既然正人君子无法安顿于这污浊的现世,那么何不让心中的苦闷如杜鹃阵阵悲戚的啼声,尽数丢落山谷?放下所有的苦闷愁烦,跨越万水千山!何况还有我们头顶那亘古澄明的月,明月如我亦如君——就让那明月代表着我,伴君千里、与子偕行吧!

王昌龄的一生命运多舛,不是被贬谪,就是在被贬谪的路上。李白这首送别诗,写于唐玄宗天宝十二年(公元753年),王昌龄被贬为龙标县尉之际。十年前,王昌龄任江宁县丞,也曾写诗与友人送别,那时候他才刚从僻远的岭南遇赦北还不到一年。其中一首,以名句"洛阳亲友如相问,一片冰心在玉壶"而广为人知;另一首则相对没有那么知著,却是关于明月:

> 丹阳城南秋海阴,丹阳城北楚云深。
>
> 高楼送客不能醉,寂寂寒江明月心。
>
> (《芙蓉楼送辛渐二首》其二)

诗中的"明月心",便是"一片冰心",是光明正大、清白澄澈之心。以明月寄寓人格之高洁,千古志士皆如此:从宋玉的"何氾滥之浮云兮,焱壅蔽此明月",到杜牧的"月明更想桓伊在,一笛闻吹出塞愁";从阮籍的"薄帷鉴明月,清风吹我襟",到王维的"深林人不知,明月来相照"……明月是诗人的理想和知己,也是其内心在另一个维度的呈现;所谓相由心生,不同维度与境界的人也就呈现不同的"月相"。相较于李白笔下那些飞动健举的月,我们在王维的诗里却只读到它的静:"松风吹解带,山月照弹琴。"一句诗就是一幅画,更是一种禅。

佛家经常以月设喻。以指譬教,以月比法,所谓"指月拈花";一切有为法皆世间空相,好比"镜花水月";惟俨禅师"月下长啸",是要扫除学人心中迷障;参禅者当反观自照,才能明心见性——所以在禅诗里,明月即悟心,即真如,亦即佛性。唐代药山惟严的高足德诚禅师,也就是著名的船子和尚,有偈语"夜静水寒鱼不食,满船空载月明归"(详见《渔父》篇);宋代灵澄禅师作《西来意颂》"半夜白云消散后,一轮明月到床前";明代克新禅师的《题画诗》"莲花峰顶巢云客,独自吹笙明月中";五代词人韦庄送日本国僧敬龙归乡,也写"此去与师谁共到?一船明月一帆风"……宋代简长禅师夜坐参禅，乃赋诗云：

> 无眠动归心，寒灯坐将灭。
>
> 长恐浮云生，夺我西窗月。(《夜感》)

明月，是我们先天的本心，或曰自性；浮云，是人们后天所起的种种知见，佛理称之为"渗漏"。首句言"无眠动归心"，因何无眠？诗里未说，但一定是某些尘世因缘扰乱了诗僧的心性，"归心"，思凡之心，也即杂念。僧人本一心向佛，希望通过保持住"自性"得以悟道；所以他唯恐无尽的"渗漏"阻碍了自己的本心，就如"浮云"遮蔽了自性的"明月"。

然而，若以佛眼视之，世界何尝有云，又何尝有月？何尝无云，又何尝无月！简长禅师的担忧，如痴人说梦，实在是因其尚未真正开悟罢了。若真明了自性，如木已成舟，十方世界通行无碍，谁能蔽之？此心诚如《圆觉经》云："如销金矿，金非销有；既已成金，不重为矿。经无穷时，金性不坏。"金子本来就有，不因冶矿而生；然而一旦冶矿成金，金子就不可能再恢复成矿石。就是说我们心中的佛性，每个人都在，当你识别了这个本心，得见真如，也就不可能再退回到原来渗漏轮回的状态了。所以"本来无一物，何处惹尘埃"，浮云怎么可能"夺我西窗月"呢？何况云与月只是你的妄念幻象，并不存在。

佛说："以轮回心，生轮回见，入于如来大寂灭海，终不能至。"(《圆觉经》)

白

云

壮志凌云，云首先被视同志气。王勃说"穷且益坚，不坠青云之志"；李贺写"少年心事当拏云"，这是两位天才少年高歌他们的理想。我们在年少时，都曾豪情万丈，理想如白云在天空自由飞翔；再回首，烟消云散，只能随陶渊明叹息一声"有志不获骋"！一个"骋"字写尽了少年心、青春梦。而历史上那些少数实现了宏图远志的"获骋"者，往往也要借云抒怀。

当踌躇满志的开国皇帝汉高祖荣归故里，便在酒酣之际击筑高歌："大风起兮云飞扬，威加海内兮归故乡。"刘邦这曲《大风歌》以风云起兴，寄托伟志，唱得粗犷豪迈，大气磅礴；而他的后人，另一位雄主汉武帝也曾率群臣泛舟汾河、饮宴中流，乃作《秋风辞》：

秋风起兮白云飞，草木黄落兮雁南归。

相较而言，刘邦的诗更质朴，他的"风云"像是从大地上生出来的一样，有一种原始的力量，诗味则近乎《诗经》之国风；刘彻的诗更锦绣，他的"白云"真是翱翔于天际，有一股澄澈飒爽的秋意，笔法却是得之于《楚辞》。

《诗经》和《楚辞》中也有很多"云"，且表义各殊。先说诗经。《齐风·敝笱》："齐子归止，其从如云。"这是以云形容从人之多；《郑风·出其东门》："出其东门，有女如云。"这里的云不仅指多，还指女子像云朵般洁白美丽；《鄘风·君子偕老》："鬒发如云，不屑髢也。"是说宣姜的秀发美得就像天边的云朵一样，怎么样呢？不但繁多茂盛，而且闪耀着乌亮的光泽，显然是指乌云——这实在是天才的灵思，也由此开创了以云设喻形容女子秀发的先河；唯有《小雅·白华》："英英白云，露彼菅茅。"明确写白云，但只是用以"起兴"，通篇都是一位贵族弃妇的感伤申述，"白云"在此并无甚多象征意味。

再说楚辞。宋玉的《九辩》是千古悲秋诗之典范，诗人通过吟秋来抒发胸中的不平气："块独守此无泽兮，仰浮云而永叹。"——云前着一"浮"字,于是内涵更丰富了,性格也更为鲜明。宋玉的"浮云"意在突出它遮蔽了"明月",就像屈原笔下的"萧艾"之于"兰蕙",浮云在此借喻小人。再加上孔老夫子更为经典的那句"不义而富且贵,于我如浮云",浮云如此变幻无常,没有任何价值和意义——从此,"浮云"彻底沦为负面、消极、阴暗的象征,同时也成为后世文人争相效法引用的典范。

可是,"浮"只表云的状态,有时是浮云,有时也会是流云、停云;就色彩而言,浮云可以是乌云、彩云,当然也可以是白云。然而令人惊讶的是,身为同一家族的成员,白云却基本没有受到浮云的负面影响,始终保持着正面的形象。而且,从先秦到两汉,尽管在众多典籍中都出现过白云,但白云的意象始终没有定性和定型,直到迎来又一个乱世之秋:魏晋南北朝。

乱世出英雄,乱世也出隐士。随着中国历史上隐士圈几位顶级大咖的次第登场,"白云"也终于迎来了它的春天。首先是西晋名士左思。严格说来左思并非隐士,顶多算半个隐者(晚年为避祸而不出),但这并不妨碍他的归隐之思,更不影响他的隐士主题的创作。他最擅作赋,也同样精于诗。左思的赋,一度造成了"洛阳纸贵";左思的诗,也每有佳句流传千古——"非必丝与竹,山水有清音",就出自他的《招隐诗》。当然本文的重点却是诗中的另一句:"白云停阴冈,丹葩曜阳林。"这是诗人对他所神往的高士隐居之所的倾心描绘:山冈之上白云飘飘,山林之间红花耀耀。如果说这是白云首次以观察者的身份列席"中国意象大会",参与"隐士圈层"建言建设交流;那么接下来,又一位祖师级大人物的亲笔题词,直接把它拉进了内部——"遥遥望白云,怀古一何深。"(《和郭主簿二首》)这原本是一首唱和之作,诗旨无非怀想古代安贫乐道的高士,但由于作者是中国第一隐士陶渊明,重量就不一样了;何况,"白云"出现在全诗的最末一句,就更要耀眼。而且,这已经不是陶老先生第一次歌咏白云了,还有一句更为著名:"云无心以出岫,鸟倦飞而知还。"白云出青岫,诗境极美,只可惜,陶老为了艺术创作的需要,没有写上小白同志的姓氏,多少有些遗憾。不过遗憾很快就被人弥补——陶潜之后的南朝齐,一位与隐士关系密切的士大夫出现了:孔稚珪。他不是隐士,却看不起那些假隐士,于是撰写了一篇奇文《北山移文》来打假。文曰:"高霞孤映,明月独举,青松落阴,白云谁侣?"

从此，隐逸界"四大天王"横空出世：高霞、明月、青松、白云——小白终于熬成了老白，登堂入室。

然而，当你以为这就完结那便错了。很快，历史从南朝齐走到了梁，下一位为小白代言的神一般的人物出手了——这一出手不要紧，几乎直接令白云加冕：

山中何所有？岭上多白云。只可自怡悦，不堪持赠君。

（《诏问山中何所有赋诗以答》）

这首诗的作者便是有"山中宰相"之称的大隐陶弘景。陶弘景的身份角色复杂多样，且每一样都做到了极致：官宦、道士、诗人、学者、医药家、炼丹士、书画家……当然，他主攻的方向是编订道教的神仙谱系。而这首诗之所以流传千古，也让白云作为隐逸的代名词，一方面固然有赖于诗歌的艺术自然而高妙，另一方面更在于其背后的故事。陶弘景其时已经名满天下，皇帝萧道成下诏请他回朝当大官，怎知彼时陶先生正专心致志地著述弘道，积极创建后来在道教历史上影响甚巨的"茅山派"，压根儿没把人间的富贵荣禄放在眼里；于是陶神仙用一首诗婉拒了皇帝的盛情,也奠定了"白云"在传统文化意象当中的重要地位。

或许是因为陶神仙的影响力,作为隐逸意象的白云,其意味又不仅仅是归隐——它不食人间烟火,自带仙气,境界似乎比其他同类意象都要高出几许。事实上,白云早就已经位列仙班了,可谓出道即巅峰——那位道家的第二号人物庄子,曾从容信笔曰:"乘彼白云,至於帝乡。"(《庄子·天地》)白云被凡人视为隐士的伴侣,可是人家原本就是神仙的坐骑;神仙总要腾云驾雾,离开白云怎么行?至于黑云乌云,则只配与妖怪为伍。正因白云身份不凡,隐士借以自况高尚,僧道用之谢却尘缘——道教典籍曰云笈,道教符箓称云篆,仙人的衣服叫云裳,僧道的帽子叫云冠,出家人远行叫云游……又因为白云遍布万方,广袤无垠,所以沙门常以云设喻,形容佛法无边:佛法又叫法云、光明云,《法华经》曰:"悲体戒雷震,慈意妙大云。"

白云自来自去,逍遥无碍,这正是出世者——无论隐士、道士还是僧人所共同追求的境界。王国维说,"有境界自成高格",如此高格的白云想"隐"都难了——所谓人怕出名,意象怕火。从此以后，历代咏白云言志的诗文多得"其从如云"，光唐诗就数不胜数——孟浩然"北山白云里，隐者自怡悦"(《秋登兰山寄张五》)；王昌龄"闭户脱三界，白云自虚盈"(《静法师东斋》)；李白"且就洞庭赊月色，将船买酒白云边"(《游洞庭湖》)；崔颢"黄鹤一去不复返，白云千载空悠悠"(《黄鹤楼》)；钱起"一论白云心，千里沧洲趣"(《蓝田溪与渔者宿》)；宋之问"东山白云意，兹夕寄琴樽"(《冬夜寓直麟阁》)；杜牧"远上寒山石径斜，白云生处有人家"(《山行》)……这些都是脍炙人口的名句，然而若论写白云最多、真正与"白云为侣"的，非诗佛王维莫属。

据初步统计，在王维现存的四百多首诗中，就有近九十首写到云，比例约为五分之一。或许大家都知道王维爱白云，连他的粉丝赠诗，都几乎无一例外地要挟带几朵云——钱起《赠王维》："卑栖却得性，每与白云归。"丘为《留别王维》："归鞍白云外，缭绕出前山。"……当然，粉丝写的确也是实情，因为王维的一生，一半在官场，一半在山中。这个才艺超群、年少成名的翩翩美男子，最爱做的事便是在白云乡里吟诗、弹琴、作画和诵经。我们看他的诗，"悠然远山暮，独向白云归"(《归辋川作》);"城郭遥相望,唯应见白云"(《山中寄诸弟妹》);"但去莫复问,白云无尽时"(《送别》);"芳草空隐处,白云余故岑"(《送权二》);"寂寞柴门人不到,空林独与白云期"(《早秋山中作》);"与君青眼客,共有白云心"(《赠韦穆十八》)……如此多的"白云",飘荡在摩诘居士的诗歌世界,也模糊了他的面貌和身影——后人想看清他,都仿佛隔着数层云;我们只能仔细体味他的诗:

吹箫凌极浦,日暮送夫君。
湖上一回首,山青卷白云。(《欹湖》)

这是一个画面极美的小电影,主题是送别——水天一色,日落黄昏;洞箫声远,涯际可闻;凭湖望断,杳杳无人;回首青山,缱绻白云。全诗笔势飞动,开合跌宕;读罢却沉静隽永,回味无穷。末句"山青卷白云",一个"卷"字饱含依依不舍惜别意,这是隐士之云。

太乙近天都,连山接海隅。白云回望合,青霭入看无。

分野中峰变,阴晴众壑殊。欲投人处宿,隔水问樵夫。

(《终南山》)

读者随诗人一道游终南山。山之大,连天接海;登峰顶,万壑纷殊;颔联"白云回望合,青霭入看无",以回环互文的手法写出山之大、云之意;夜幕降临还未游遍,赶紧向着云水边遥问樵夫何处可宿。仙山之境,尽于此篇;"白云青霭"非凡物,斯为仙界之云。

淼淼寒流广,苍苍秋雨晦。君问终南山,心知白云外。

(《答裴迪辋口遇雨忆终南山》)

仍写终南山,但这次是"忆",全由心做主。秋雨苍茫,秋水弥漫;终南何处?白云无边。有人说这首诗隐喻佛家"此心常净明圆觉"意。王维是虔诚的佛教徒,精研佛理,他的许多诗的确不可以境求;倘若字斟句酌,便停留于读者的所知障。如此篇结句,断不可去揣度"白云外"见着什么?如此即着了相。所谓山,所谓云,无非心相;是何心相?静明圆觉之心。

心知而不可说，此乃佛国之云。

悠悠白云，对于摩诘居士来说是体证心契的伴侣；而对出家僧人来说，也是禅师接引弟子开悟的方便法门。我们看下面一则禅宗公案：

> 道悟问："如何是佛法大意？"师曰："不得、不知。"悟曰："向上更有转处也无？"师曰："长空不碍白云飞。"
>
> （《景德传灯录》）

这番对话发生在禅门一代宗师石头希迁和弟子天皇道悟之间。道悟像许多学人一样，问老师佛法是什么。希迁禅师答："我没悟得，我不知道。"禅宗讲求即心是佛，佛性人人本自具足，问不得也求不得；所以希迁的回答其实是要断了弟子"向外求"的妄念。结果道悟急了："您总得提拔我一下，告诉我一点儿窍门吧？"这时候，希迁说了一句充满禅机的话："长空不碍白云飞。"

这是一位真正开悟者所说的话，无法用语言文字去说明，不能用情识思维去理解，因为它说的是觉性。佛家讲诸相非相，万法皆空；这个空不是无，而是真空妙有，就像天空中有白云。石头和尚的两个回答看似不同，却没有两样，都是要破除学人的"我执"。学人之心，应如那白云飞过长空，清静自在，了无挂碍——这是从实修的角度设想；而从佛理的根本上去理解——学人追问佛法大意甚至索求"窍门"，都是心的迷执，作茧自缚；何来长空？焉有白云？无非是你的分别心，"应无所住而生其心"。

石头希迁禅师门徒极盛，有名的弟子除了天皇道悟，还有他最得意的高徒药山惟俨。唐代士大夫李翱曾多次拜晤惟俨禅师求学问道，并写过两首诗拍大师的马屁，其一云："练得身形如鹤形，千株松下两函经。我来问道无馀说，云在青霄水在瓶。"其二云："选得幽居惬野情，终年无送亦无迎。有时直上孤峰顶，月下披云啸一声。"这两首诗讲惟俨禅师的逸事，非常巧，都和我们的主题"白云"有关。一首讲"披云长啸"，我们在《长啸》一文中说过，不赘述；另一首是讲一则著名的禅宗公案。《景德传灯录》记载：

> 翱拱手谢之，问曰："如何是道？"

师以手指上下,曰:"会么?"

翱曰:"不会。"

师曰:"云在天,水在瓶。"

云水本是一物,物性无别;云在青天水在瓶,境遇各殊。若以云为真自在,水则受拘挛,那么瓶为色身,青天又何尝不是?是云是水,皆观者内心化现;破除无明,才知一切有为法皆空相。故而学人唯当明悟本心,本心无他,只是平常,是道、是水,也是云。

药山禅,是直接继承了他老师石头希迁的宗风。希迁禅师著有《参同契》一书,宣扬他"回互"的禅法,所谓"回互"指宇宙万法之间互不相犯而又相涉相入的关系;比如前面讲的清水与净瓶、长空与白云。希迁的禅风重在默思与闲坐,属于一种静态禅;以石头大师的声望、德行和地位,其宗法对当时及后世都影响甚大。而王维与希迁是同龄人,所以一生禅修的摩诘居士自然会直接或间接地受到这种静态禅风的影响。下面这篇流传不朽的杰作,就是王维诗中"静态禅"最突出的体现:

中岁颇好道,晚家南山陲。兴来每独往,胜事空自知。行到水穷处,坐看云起时。偶然值林叟,谈笑无还期。

(《终南别业》)

"行到水穷处",在溪水潺潺的山间信步,走着走着,流水的声响渐渐淡出,不知何时消失了——这是由动而静;"坐看云起时",索性就坐在山野的空地上,默默地发呆,仰望天边飞起的云——这是静中生动。从"行到水穷"到"坐看云起",你可以理解为时间相续的线性运动,也可以理解为两个行为之间只是一种同时空的重叠和交互:走累了,便坐下看云;看够了,就起身接着走。这是王维惯用的写作手法,在修辞上叫作"互文",在禅修上叫作"回互"。

云和水之间,也同样在"回互"——水穷即能升腾为云,云起便可化身为水。它们之间本无分别,二者是不是人们的"六尘"所感知的幻象呢?或者说一切虚空里,万法本来同?如果如此思维下去,便是一念无明的攀缘生出无限烦恼——王维可什么都没说,也什么都没想;你在这里苦思冥想,他却继续涉水、继续看云,直到遇见一个野老头,便兴致勃勃地唠起了嗑。

一切都是偶然,一切都随缘。你说王维做到了"随缘自在",你接着努力专研,分析"安史之乱"历史背景下唐代著名诗人的心路变化……摩诘居士一句也没听见,他说:"晚年惟好静,万事不关心。"

《楞严经》云:"歇即菩提。"

流水

伯牙鼓琴,樵夫子期听出"巍巍乎若太山,汤汤乎若流水"之志。其志为何?若山之高,如水之远而已。流水可以动人心志,人心亦能托情于流水。老子曰"上善若水",孔子曰"智者乐水"。水之为物,刚柔并济;水之意象,随事而异;其静止时,高深莫测;及其动也,迢迢无已。

江河日夜奔流,永不停息也永不复返,最容易让人联想到时光的流逝和人生的短暂。首先发出这声感叹的是孔子。

> 子在川上曰:"逝者如斯夫!不舍昼夜。"
>
> (《论语·子罕》)

有感于春秋时代的礼崩乐坏,毕生倡导推行礼制和仁政的伟大思想家孔子,而今垂垂老矣。此刻,独立水涯,倚仗临风,风吹乱了他斑白的须发。面对滔滔流水,孔子一瞬间百感交集。"逝者如斯",逝去的不仅是岁月,还有理想闪耀的光芒;"不舍昼夜",不舍的也不只是昼夜,还是孜孜求索的精神。回首前尘,也曾踌躇满志,也曾颠沛流离;有时若见曙光,终究备受冷遇。他知道自己这一套到底是行不通了,却始终知其不可为而为之——"道不行,乘桴浮于海!"这句话像是孔丘跟弟子们日常的玩笑,也是他释怀的自嘲,更是他满怀庄严、跟理想作最后的告别。在告别的那一刻,孔子心底浮现出的意象,是江海孤舟,是将自己付与那一片茫无际涯的流水。

"朱颜易销歇,白日无穷已。人寿不如山,年光忽于水",在某个深秋时节里,唐代诗人白居易漫步曲江,抚今追昔,对于人生之短暂和时光之急促感到无奈和悲怆。这份悲心,溯源于孔圣,上追于汉晋。汉乐府、魏晋诗多感叹人世无常、生命有限"人生天地间,忽如远行客""生年不满百,常怀千岁忧"……而叹息流年、借物抒怀最理想的兴物莫过于流水——无论汉诗的"百川东到海,何时复西归"(《长歌行》),还是唐诗的"浮云一别后,流水十年间"(《淮上喜会梁州故人》),流水永无停息的特性，天然地与时间紧密相似相关，总会给人最直接的感受和触动。

流年似水，然而随着流水逝去的不仅仅是时光，更有时间长河中那无数从前的人、过往的事、昔日的欢愉和繁华的旧梦。所以，流水不只寓意时光，还包含了随时光流走的有形的、无形的一切，它意味着"失去"。易安词："花自飘零水自流，一种相思、两处闲愁。"（《一剪梅》）以落花寄失意，以流水托离情，自然而蕴藉。如果说李清照的"流水"，只是因"相思"而生"闲愁"；南唐李后主笔下的"流水"却全然是血泪了：

> 帘外雨潺潺，春意阑珊。罗衾不耐五更寒。梦里不知身是客，一晌贪欢。
> 独自莫凭栏，无限江山。别时容易见时难。流水落花春去也，天上人间。（《浪淘沙令》）

"流水落花春去也，天上人间。"词中的"流水"，是时光，同时也意味着失去——随"春去也"的不仅是时光里的落花，更是今非昔比的"无限江山"。因为那份亡国的切肤之痛血泪淋漓，李煜对"流水"的感受比任何人都更深；而流水意象也在他的笔下反复出现，且每次出现都有着各个不同的内涵——"车如流水马如龙"（《望江南》），以流水喻热闹和繁盛；"世事漫随流水，算来一梦浮生"（《乌夜啼》），以流水寓意无常与无情；"问君能有几多愁，恰似一江春水向东流"（《虞美人》），以流水象征忧愁之不尽；"自是人生长恨水长东"（《相见欢》），以流水表达悔恨的无穷。

消逝和不尽、有情和无情、繁华与冷静、失去与无穷——这些看起来互相矛盾甚至完全相反的内涵，却共同容纳于"流水"意象中，几乎是绝无仅有的现象：这一切都是由流水所指向的本体——"时间"的哲学概念所决定。作为个体的人，生也有涯；作为全人类的历史，却相对"无涯"。个体的生命之于时间，就好像一个人置身于奔流不息的大河中，背对着下游，而面朝着上游的方向。一切的过去，都奔流而下；一切的未知，正滚滚而来。所以，时间神奇而可畏——易逝是它，永恒也是它；温暖是它，冷漠也是它；一去不回是它，无穷无尽也是它。

古今诗文中的"流水"百态，归根结底都是基于流水的时间属性。在有情人心中，爱如流水，执着而温情："汴水流，泗水流，流到瓜洲古渡头。"(《长相思》)它不会因时光的流逝而变淡和消失："离愁渐远渐无穷，迢迢不断如春水。"(《踏莎行》)但在伤心人眼底，流水是如此地残忍和冷酷："无情最恨东流水，暗逐芳年去不还。"(《秋日感怀》)它就像一个历史的旁观者，冷眼注视着一切："繁华事散逐香尘，流水无情草自春。"(《金谷园》)而一些人哀叹于流水的易逝和决绝，另一些人却对其抱之以崇高的敬意——苏轼抒怀："哀吾生之须臾，羡长江之无穷。"(《赤壁赋》)辛弃疾长啸："千古兴亡多少事，悠悠，不尽长江滚滚流！"(《南乡子》)；杜甫怒吼："尔曹身与名俱灭，不废江河万古流！"

所以，流水意象的意指和内涵，就如同流水本身的特性一样流转不定、变动不居；在大多情况下，我们不能偏执地判定某些文本中"流水"的明确释义，那样无异于胶柱鼓瑟，了无诗心。换句话说，流水的诸多意象往往可以共生。张若虚的《春江花月夜》，整首诗意境沉静而磅礴、空灵而迷茫，其内涵和旨意更不可逐字逐句去寻求。我们看其中这几句：

人生代代无穷已，江月年年望相似。

不知江月待何人，但见长江送流水。……

(《春江花月夜》)

诗中的"流水"，其背后所指向的自然是"时间"，然而这种指向性是模糊的，你无法简单地用"时间"去诠释它。对此，我们不妨再稍作细致一点儿的分析。前面两句诗，含有两个关键词，分别为"人生"和"江月"；后面两句，则是"江月"和"流水"。从前后的诗歌情绪和语义关系上来看，下句的"流水"呼应上句的"人生"。"江月"在待人，却谁都不知道它在等待什么人；长江在不停地送走"流水"，"流水"不是专指某个人，而恰似古往今来无数个"人生"——不管是王侯将相，还是贩夫走卒；文人骚客，或者渔樵倡优，来了又去，一去不返，反反复复，"代代无穷已"。这是一种对人生意义的终极思考，表面看来说的是时间的流逝，本质上却是说一切都将消失——"江月"在江流上空无休止地等待，宛如一场场"等待戈多"的表演，终归于荒诞与虚无。

诗人用含蓄至极的笔墨去表达一种怅然若失的意味和人生哲理的思索，诗境一如茫茫江月和流水，浩渺而空寂、惝恍而迷离。不同的文学艺术作品呈现出迥异而鲜明的风貌，主要由不同艺术家自身的个性特质所决定——相形之下，张若虚的诗作是如此空灵虚恬、蕴藉圆浑；而比他小三十岁的李白，出手却是那样豪迈壮阔、痛快淋漓。当李白面对江河奔流，他就仰天高歌、直抒胸臆："君不见，黄河之水天上来，奔流到海不复回……"(《将进酒》)同样有感于光阴的流逝、人世的短暂和生命的虚无，两位诗人落笔成诗的风味却如此不同。李白对这些好像很激切，但终究并不太以为意；他只是始于感慨，也终于感慨而已。而张若虚貌似理性而冷静，可是平淡从容的歌调里，满是隐忍的哀愁。《春江花月夜》中那份对江流的咏叹和潜意识里对韶光依依不舍的挽留，在李白这里看不到。对李白来说，似乎世间万事都无须介怀，既然连生命乃至生命的意义早晚都要失去，还不如痛快饮酒。

和李煜相似，李白也经常咏叹流水，而他对"流水"意象的运用则更为潇洒多变，不拘一格。比如写离别："古情不尽东流水，此地悲风愁白杨。"(《劳劳亭歌》)这是直接将别情拟作流水，情不尽，一如水不尽；"孤帆远影碧空尽，唯见长江天际流。"(《送孟浩然之广陵》)末句不是单纯作画境的留白，而是借江流喻惜别意——孤帆可尽而流水无休,这是对流水意象的化用;"请君试问东流水,别意与之谁短长"(《金陵酒肆留别》),朋友为他饯行,李白一高兴,人情比流水还要长……与友人欢歌畅饮之际,李白心中的流水真有千般好;而当李白发牢骚的时候,流水只配挨千刀:"抽刀断水水更流,举杯消愁愁更愁。"(《宣州谢朓楼饯别校书叔云》);再当他要藐视红尘、淡泊富贵,下笔便是:"荣华东流水,万事皆波澜。"(《古风》第三十九首)流水好似浮云,充满了幻灭无常;待得他要思考人生、追问宇宙:"古人今人若流水,共看明月皆如此。"(《把酒问月》)流水又变得深沉,不仅指向个体的生命,更是世代人类的历史命运了。

如果说上述"流水"诗句,就意象而言尚未尽脱前人窠臼;在下面两篇诗中,流水呈现出一种诗仙独有的气质,可谓绝伦:

问余何意栖碧山,笑而不答心自闲。

桃花流水窅然去,别有天地非人间。(《山中问答》)

蜀僧抱绿绮，西下峨眉峰。为我一挥手，如听万壑松。

客心洗流水，余响入霜钟。不觉碧山暮，秋云暗几重。

(《听蜀僧濬弹琴》)

在第一首诗中，诗仙以隐士的形象出现。"桃花流水"表面上是写自然之景，实乃暗喻陶渊明笔下的桃花源。后来张志和赋《渔歌子》："桃花流水鳜鱼肥"，也是把实景和虚景结合并写。流水和桃花一道，组成隐逸的元素符号。同写"落花流水"，与李煜词相较，李白诗非但毫无萧飒之感，反而极清艳；不但清艳，更难在味极浓而笔极淡。《诗》云："素以为绚兮"，司空图《诗品》之"自然"："俱道适往，着手成春"，皆可为此诗注脚。通览全篇，"碧山"和"桃花"色彩比照鲜明，洋溢着生机和春意；而"流水"去向"天地"，豁然拓开局面——这种写法，又与王维诗"江流天地外，山色有无中"有异曲同工之妙。

此处的"流水"既非指向时间，亦非表达失去，更非暗示无常和无穷；而是寓意着闲适、无为、归隐与出世，这在第二首诗中表现得更为突出："客心洗流水，余响入霜钟。"

琴曲固然有《流水》，然而李白用不在此，更在其中的出尘意。流水一词，本有林泉义；成语"枕石漱流"，代指隐居生活。《世说新语》载晋人孙楚跟朋友讲自己要隐居，结果误将"枕石漱流"说成了"枕流漱石"。朋友嘲笑他："流可枕，石可漱乎？"结果这家伙反应还真快，狡辩得理直气壮："所以枕流，欲洗其耳；所以漱石，欲砺其齿。"这里又牵引出"许由洗耳"的典故来。上古高士许由，存志养性，优游山林；当听说尧打算将天下让位给自己，他感到耳朵受到了这种语言的污染，所以临水洗耳。隐者许由的典故反映出道家无为的思想，在李白诗中，流水洗的不是耳朵，而是心，意境更深一层；至于耳朵，还有听琴的任务——"余响入霜钟"。"霜钟"的冷色调与"流水"的山林气以及"万壑松风"，共同促成了高士归隐的意境。《诗品》之"洗练"："流水今日，明月前身。"正可为之作解。

流水的出世意象，在崇尚隐逸的文人笔下也时常出现。比如王维，除了上文提及的"江流天地外"，还有那句著名的"行到水穷处，坐看云起时"；至于明确使用"流水"的诗句恰出自这篇归隐诗：

> 清川带长薄，车马去闲闲。
>
> 流水如有意，暮禽相与还。
>
> 荒城临古渡，落日满秋山。
>
> 迢递嵩高下，归来且闭关。（《归嵩山作》）

颔联"流水如有意，暮禽相与还"，用了互文的修辞手法。诗人辞官归乡，一路同行的都有谁呢？流水与暮禽，他们"有意"且"相与"，都是诗人志同道合的知己。其中，"暮禽"暗含陶潜"鸟倦飞而知还"之意；"流水"则除了出尘意，还含有时间因素，即一去不返之象，以表决然归隐之心。然而诸般精妙诗思潜藏于诗人不着痕迹的神笔下，读来唯觉悠悠然、淡淡然——这既归于王摩诘的天才，亦得自他深厚的佛学修养。

说到佛学，禅宗云门宗有著名的"云门三句"，其二曰："截断众流。"正与本文主题相关。"众流"，指人们心中的众多妄念，正如时刻奔涌不息的河流；"截断众流"就是把这些纷扰汹涌的情识心念截断，让它们止息，以此来反照自心，获得顿悟。如何"截断"？云门多用"一字关"，最显其特色。简单来说便是通过答非所问的一个字汇，如巨山从天而降横在水前，使参禅者湍急的意念之流陡然中止。最著名的莫过于云门文偃禅师的这则公案：

僧问："如何是佛？"门云："干屎橛。"

(《五灯会元》)

这回答真可谓石破天惊之语，这便是截断妄想，是以秽截净——因为所谓秽与净、增与减、生与灭、色与空，都是情识的分别心；而世界的本质乃是"本来无一物"，何来"干屎橛"，所以佛经云"不垢不净"。云门用"干屎橛"的"一字关"将僧人的妄念之流拦腰截断，正是指示学人应当超越净与垢的对立，直指本心，方见真如。

人们的妄念如流水，世间的流水亦动人妄念。所以禅宗说"见山还是山，见水还是水"，只不过，寻常人眼里这山这水，不知在心中经历了几番颠倒轮回。"年年喜见山长在，日日悲看水独流。"(《万岁楼》)王昌龄登楼临川的感受，与古今诗人别无二致，恒定不变的山和瞬息即逝的水，再次唤起了那份兴废之悲。就像王勃，当年在滕王阁上洋洋洒洒提笔千言，结尾一句"槛外长江空自流",百代以下犹余音袅袅;还有崔颢,登黄鹤楼而作千秋绝唱,收笔也是"烟波江上使人愁"。王勃之叹、崔颢之愁、王昌龄之悲,皆由流水而始,又随流水而终。在滔滔流水中,他们看到了人世间的沧海桑田、繁华如梦。佛家讲"缘起性空",世间万法皆凭因缘和合而生,也随因缘的消散而灭,并没有实在的自体,所以其本性为空。此之谓流水,也是流水给凡人最后的开示。

王维写山中辛夷花:"涧户寂无人,纷纷开且落。"这是最好的禅诗——诗中没有人,每一位读者都是画中人;没有写时间,我们却仿佛经过了漫长的光阴;没有写流水,我们分明听见了流水的声音。此处的"流水落花",无关乎李煜的悲情,亦无关乎李白的出尘。明代画坛四大家之首的沈周,晚年曾作《落花诗意图》,此图写暮春景色:远山隐约,落英缤纷,流水潺潺,但不见水之所从来,亦不知欲之何往;唯溪岸上一老者倚杖临流远眺,静默无言。画家自题:"山空无人,水流花谢。"

在画完题款的那一刻,这位八十多岁的老者仿佛如释重负。大病初愈的他,自觉来日无多,睹落花已非落花,作流水亦非流水，此时他是王维的知音。他放下了画笔，也放下了执着。他的心境与他的画一样，空明澄澈。一切绚烂，终归于平淡。流水的声响消失了，生命如落花，行将寂灭。

寂灭，也就截断了时间的流；流水不在，时间亦不在。

玄黛

江声

辛弃疾提笔便是"千古江山，英雄无觅"，气魄雄浑之下但觉悲戚，待得一代伟人英雄得觅，泼墨便也是"江山如此多娇，引无数英雄竞折腰"。江山如画，一条江，一群山，就画成了一片大好家国。

《尔雅》说："江、河、淮、济为四渎。"所谓四渎，乃古代四条独流入海的大水。自古皇帝祭祀名山大川，即指五岳和四渎。五岳以泰山为尊，四渎以长江居首，泰山便是大山，长江便是大江。一条大江纵横今古。古人最先注意到的，是江水的体态，其次是容貌，然后是性情，最后才是声音。

《诗经》咏唱："江之永兮，不可方兮"，只是在说江水的广阔无垠；待到《楚辞》"望涔阳兮极浦，横大江兮扬灵"，江水已有了状貌和性格；而唐诗里的长江，完全印象派，有性无形,"长江天际流""月涌大江流""江河万古流",任其流淌就是了,流得怎样,往哪儿流,无人问,懒得管,不是诗人关注的主题;只有在文人化发展到精雅极致的宋代,人们视界里的江水才再次清晰,宋人的视觉和心思同样地细致入微,以至于连听觉也调动了起来,于是他们敏感地聆听起那江声。

倚槛寒松偃,连云一径横。

就中图不得,窗户入江声。《题延福寺》)

独居斗室,坐对横江,其实那江流的声响本是无法"入户"的,很难听得真切。江也无声,如夜雪无声。正如白居易曾经这样描写雪声:"已讶衾枕冷,复见窗户明。夜深知雪重,时闻折竹声。"雪落无声无息,但敏锐的诗人经由精巧的感知,获得了雪的音色,于是妙在其中了。

如果说夜雪的声音,教人感到岁月的静穆与安详,淡淡欣喜于时光的流转,那么人们在江声里听到了什么?

子在川上曰:"逝者如斯夫。"孔丘汶上一叹,就把水流交付给时间。"大江茫茫去不还",江水原本就容易使人联想起人生的苦短，岁月的仓促，可在孔子那里，对流水的太息只是太息而已，其实并未有多少伤感，《毛诗》哀而不伤，孔子的观念亦大略如此。但同样地面对流水，到了晋人潘岳那里，就转身垂首变成无限的愁苦与悲戚。

潘岳那首著名的《秋兴赋》："夫送归怀慕徒之恋兮，远行有羁旅之愤；临川感流以叹逝兮，登山怀远而悼近。彼四戚之疚心兮，遭一涂而难忍。""临川"被其视为人生四大悲伤（四戚）之一。梁代钟嵘盛赞这位美男子"潘才如江"，潘安如江的才华，却是与悲苦相连。这一方面大概缘于晋代的乱世飘零，士人皆有摇落之悲，更主要的，是缘于那份古老的文学传统——屈原和他的学生宋玉，老早就开始了临江的哀鸣和苦吟。

> 登大坟以远望兮，聊以舒吾忧心。哀州土之平乐兮，悲江介之遗风。（《哀郢》）

楚辞里的屈原，无时无刻不辗转行吟于湖畔和江边，这份千古遗悲如此沉郁，挥之不去，深深笼罩在后世文人的脑海心间。南北朝的谢朓，写《临楚江赋》："爰自山南，薄暮江潭，滔滔积水,袅袅霜岚。忧与江兮竟无际,客之行兮岁已严。"和潘岳一样,谢朓临江怅望,望到的是无边的忧郁和悲凉。

难道是美人多脆弱——那位同样在历史上负有盛名的美男子卫玠,面对浩渺长江,读不到苏辛的雄壮,只有悲怆愁肠:

> 卫洗马初欲渡江,形神惨悴,语左右云:"见此茫茫,不觉百端交集。苟未免有情,亦复谁能遣此!"
>
> (《世说新语》)

临江之悲,也许系于个体之性情,也许基于世态之动荡,但更主要是缘于历史文化衍变过程中民族性格的发展史。任何时代都有人枯寂落寞,任何时代都有人壮志成城。然而,先秦的浑古,两汉的博综,魏晋的离索,唐代的壮丽,宋朝的幽雅,有明的变态,晚清的寒怆,民国的纷繁,都足以引人遐思之无穷。

初唐时人,尚且拘挛于悲江之苦,到盛唐时,即便有苦,也如加了糖的咖啡,暖洋洋、甜滋滋的。英年早逝的天才诗人王勃在西风里吟道"长江悲已滞,万里念将归",虽然"悲已滞"，可绝非先辈屈原的"船容与而不进兮，淹回水而凝滞"，诗人终究还是将视线由江水转向高山与长空，"况属高风晚，山山黄叶飞"，气局登时远阔。至于那著名的《滕王阁序》题诗："闲云潭影日悠悠，物换星移几度秋。阁中帝子今何在，槛外长江空自流。"更将壮思引向九霄云外。而盛唐时代的诗人，去悲江之思日远，在李白王维白乐天乃至杜甫那里，江水唯余莽莽，只剩下一个大。李白不消说，即便惯于苦吟的老杜，在他笔下"无边落木萧萧下，不尽长江滚滚来""星垂平野阔，月涌大江流"，大江恰是象征壮阔恢宏的符号，哪里还有余悲！

唐人的心胸与那时代一般的壮阔，性格是一样的乐观。所以张继在江舟中枫桥夜泊，也只是闻听到那"夜半钟声"而已，却并不曾"近水楼台先闻水"，唐人的格局大，线条粗，江流那么细微的声响，有谁听！

宋人却一下变得细腻起来，开始关注古人忽略的局部。不再是唐人的乐，也不是魏晋的悲，喜无悲也无，只是细致，因为细致所以真切，因为真切所以生动，因为生动所以亲和，因为亲和所以让今人读起来依然感同身受，久久共鸣。试看苏东坡的名作：

  夜饮东坡醒复醉，归来仿佛三更。家童鼻息已雷鸣。敲门都不应，倚杖听江声。

  长恨此身非我有，何时忘却营营？夜阑风静縠纹平。小舟从此逝，江海寄余生。

（《临江仙·雪堂夜饮醉归临皋作》）

  宴饮酒醉，半醉半醒，夜阑风静，敲门不应。不应便不应，那也没什么了不得，正好借此大好夜色，趁清风明月，独对这门外的大江。也许酒醉幻化了感官，也许静夜突出了音响，醉意阑珊的苏轼，此时此刻竟然真切地谛听到眼前渺渺脉脉的江声。江声里的苏轼，蓦然酒醒。历史的兴衰，人生的无常，时光的流逝，岁月的悲欢，一瞬间在心头水聚云集。正如老师欧阳修在秋声里彻悟人生草木，勾想命运沉浮，眼下的苏轼同样地百感交集。又想起周郎赤壁的雄姿英发，又想起祖逖击楫中流的壮志，又想起东晋东山宰相的风流，千古兴亡多少事，个人荣辱无数秋，尽付眼前滚滚江涛。

这是醒时的沉醉，亦是醉时的苏醒。不是先贤屈子"目眇眇兮愁予"的苦闷彷徨，不是唐人张若虚《春秋花月夜》那般歌舞升平的雍容，更不是南唐李后主"一江春水向东流"的凄楚惆怅，东坡耳畔的江声，清晰而深邃，那是独对己身的观照和自白。江水有声，声声如泣如诉；江水无声，此时无声胜有声。

此刻的苏轼，不再作《前赤壁赋》"纵一苇之所如，凌万顷之茫然"那样的高迈之语，也不再发"大江东去，浪淘尽，千古风流人物"的豪情抒怀，江声里的苏轼是现实本色的自我，是脱尽禅理儒规的自我，自我最真实，因而感动今古。

宋代是文人正视自我价值的时期，欧阳修如此，苏轼如此，黄庭坚亦如此。爱好参禅的黄山谷，挥笔一荡"坐对真成被花恼，出门一笑大江横"，虽是化用阮籍之句，而能自出机杼，就在于那份千古不易的士夫历史观和悠悠然文人心梦。

森森江声寄托着春秋浩气，蕴藏着无上禅理，也能让"尚意"的宋代书法家们从中顿悟造化之机，因而技艺大进。宋代书法家雷简夫在《江声帖》中云：

> 近刺雅州，昼卧郡阁，因闻平羌江瀑涨声。想其波涛番番，迅駃掀搕，高下蘼逐奔去之状，无物可寄其情，遽起作书，则心中之想尽出笔下矣。

张旭观公孙大娘舞剑器而书艺进，文与可路视蛇争斗而悟笔法，怀素看夏云如奇峰而知笔墨三昧，如今雷简夫闻江声而得书法之玄机。岑参诗写："江声官舍里，山色郡城头。"隔江山色，平林馆舍，总有入画之意趣，想来也自有参悟书法之妙理。江水平静流淌，让苏轼悠思身世古今；江潮暴涨汹涌，使雷简夫迅悟书写之道。不同的江声，激发人们不同的回忆和感触。

《水浒传》描写宋江征方腊事毕，鲁智深与武松于寺中休歇：

> 是夜月白风清，水天同碧。二人正在僧房里睡至半夜，忽听得江上潮声雷响。

于是花和尚顿悟而化。闻江声而思人间过往，而叹百代兴衰，而书艺精进，而得道涅槃，虽因各人境遇不同，因缘相异，实则皆有异曲同工之妙，妙在造化中。

钱塘江的夜色格外美好动人。身在余杭，夜夜闻听窗下钱塘江的水声，恍如思想到金戈铁马，百代沉浮。每个中国人的心底都横着一条江，时喜时悲，或浅或深。大江东去，浪淘不尽，江声里闻听到的，是千古不变的壮思与忧愁。

而此际，钱江的灯火和涛声，温暖中正。江水沉沉地流淌，恰似人文壮怀的背后，袅袅轻梦，现世清平。

渔父

人生贵极是王侯。浮利浮名不自由。争得似,一扁舟。弄月吟风归去休。

赵孟頫之妻管道昇这首《渔父》词意明白如话,或许代表了后世文人对"渔父"意境的终极想象:自由。

赵氏夫妇对于人生自由的理解必然比常人犹为深刻,由宋室后裔而入元朝庙堂,其况味可知。这份对渔父式自由的异常渴慕和钦羡,只有南唐的李后主才更能感同身受。李煜如是说:"一棹春风一叶舟,一纶茧缕一轻钩。花满渚,酒满瓯,万顷波中得自由。"经由想象中江湖沧浪里渔翁的惬意自如,反观自身的不自由,悲剧色彩于是益加悲怆浓烈。

文人对渔父意象的迷恋和赞叹,以"烟波钓徒"张志和那首著名的《渔歌子》最为知著：

  西塞山前白鹭飞，桃花流水鳜鱼肥。青箬笠，绿蓑衣，斜风细雨不须归。

全词通篇不着一"渔"字，而渔人放任之态，极乐之境，使读者已身在画图中，后代以《渔歌子》来填词的作品多如繁星，可见其影响力之巨。然而，光有诗人的"诗中画"尚且不够，画家不过瘾，于是也抓起笔来画渔。宋代李唐作《清溪渔隐图》，元四家之吴镇作《渔父图》，其他如归棹、闲钓、渔浦、渔村图等数不胜数。诗文书画之外，音乐亦不能少，于是，琴家为"渔"打谱，让沧浪之音流泻于泠泠七弦之上。表现渔父志趣的琴曲琴歌在浩浩古琴曲目中占据着醒目位置，《渔樵问答》《醉渔唱晚》脍炙人口，近世管平湖弹《欸乃》，查阜西奏《渔歌》，可谓琴坛双璧。

琴曲《欸乃》出自唐人柳宗元的千古名篇《渔翁》：

渔翁夜傍西岩宿，晓汲清湘燃楚竹。

烟销日出不见人，欸乃一声山水绿。

回看天际下中流，岩上无心云相逐。

　　这又是一幅历历在目的清新图画，准确地说，应该是一部有声有色的动态影像、印象短片。镜头推移转换，光线与色彩在时空中迅速交接，一声"欸乃"点亮了整个画面，文人逸士的高旷情怀最终缓缓定格于渔翁身影消散后的云水光中，久久不去。至于"欸乃"到底是橹声还是叫声，其实无关宏旨。这便是"得意忘象"。

　　与此对应，柳氏的另一个名篇《江雪》，则更像是一张黑白照片，"孤舟蓑笠翁，独钓寒江雪"。同样是渔父，一个背影和他所置身的茫茫天地，构成最强烈的静默，但这份静默里充满了无限的张力，可以吸引你进入，也可以将一切推出，唯余一个"渔"的世界。

　　渔父樵叟，并称"渔樵"，在传统文化里，被塑造成隐者、世外高人的经典代言形象。渔父和一叶扁舟，经过无数经典文本的描摹寄托，成为自由、出世、隐逸的标志性符号。以至于那些从来不曾垂钓过的人，也以某某渔樵、某某山人自称。它表达的是一种情怀、操守、希冀和理想。

反顾经典，诗中有渔，画中有渔，琴中有渔，文中有渔，中国传统文化里，"渔"是文人终身乐此不疲追寻描摹的永恒主题。历代文人对渔父念念不忘，一往情深，其实该是"得意"于两篇真正不朽的经典：《庄子·渔父》和《楚辞·渔父》。经典之所以不朽，是因其戛戛独造，无中生有，发人所未发，言简意远而辞郁旨深。且看庄子妙笔：

> 孔子游于缁帷之林，休坐乎杏坛之上。弟子读书，孔子弦歌鼓琴。奏曲未半，有渔父者，下船而来，须眉交白，被发揄袂，行原以上，距陆而止，左手据膝，右手持颐以听。曲终而招子贡子路，二人俱对。

读圣贤文章始知文言之美，白话终不可及。庄子运神来之笔，只寥寥数语，一幕孔门游学的生动场景，一个可爱渔翁的形象便尽皆跃然纸上。孔子携弟子们在水林间抚琴读书，鹤发童颜的渔翁仿佛凌空而至，挥洒衣袖，下船上岸，支起脸颊坐在那儿听琴。一曲终了，渔翁招呼子贡和子路问话。随后，孔子闻讯而至，接下来展开了一场渔翁与孔子间的互答。说是互答，其实是庄子借渔翁之口所阐发的道家对儒学的批判。

庄子的渔翁痛陈"人有八疵，事有四患"，批评孔子"苦心劳形，以危其真"，告诫他"还以物与人"，宣扬道家"法天贵真，不拘于俗"的思想。面对这些"天外之音"，孔子每每"愀然而叹"，甘拜下风。而渔翁也并非一味横加指责儒家之"愚"，对于孔子的虚心问道，渔翁给予了肯定，在对话结尾处将与孔子别，还不忘谆谆教诲："子勉之！吾去子矣，吾去子矣！"于是"刺船而去，延缘苇间"。接下来我们又看到了古典文学中最常见的描写镜像：

> 颜渊还车，子路授绥，孔子不顾，待水波定，不闻拏音而后敢乘。

颜回和子路请老师上车，孔子毫无反应，兀自站在水涯，怅望渔父远遁的身影，直到渔舟逝去，水波平息，桨声消弭，孔子才如梦初醒。这种描写，就像绘画技法里的留白，音乐演奏中的休顿，书法笔法上的笔断意连，电影主人公对白之际的此时无声胜有声。一阵疾风骤雨式的铺排之后,片刻的瞬间冷静沉寂,前后之对比,给人留下无尽回味,余音绕梁,三日不绝。

孔子凝视水面余波的场景,在后来的文学文本中经常出现,而渔翁超然物外的形象,更是深入人心。相形之下,比较基本同时期的两部经典发轫之作,如果说《庄子》的渔父是作为文章的主体在说话,《楚辞》的渔父则作为屈原的衬托物而出现。

> 屈原既放,游于江潭,行吟泽畔,颜色憔悴,形容枯槁。渔父见而问之曰:"子非三闾大夫与!何故至于斯?"

文章对于渔父的出现没有作特别的渲染,正是为了突出屈原的主体性。在这场对话中,屈原始终在表明自己宁为玉碎的品格和不愿随波逐流的坚贞,"举世皆浊我独清,众人皆醉我独醒"。渔翁则以世俗的眼光考量并开导屈原"圣人不凝滞于物,而能与世推移"。在劝慰无效之后,渔翁便不再说话,继续打渔去也。结尾之歌遂成千古回音:

渔父莞尔而笑,鼓枻而去,乃歌曰:"沧浪之水清兮,可以濯吾缨;沧浪之水浊兮,可以濯吾足。"遂去,不复与言。

渔父留下的沧浪歌,后世文学沿用敷衍代不乏人。或以为这里渔父所昭明的是道家超然物外之理,其实不然。屈原在此所批判的既非道家,更非儒学,而是介于出世和入世之间的俗世凡尘。

面对个体和俗世,理想和现实的矛盾,三个人的态度迥然不同而格外鲜明。楚辞渔父的观点是"世人皆浊,何不淈其泥而扬其波?"意思是通权达变,顺水推舟,与之同化。屈原的观点则是"安能以身之察察,受物之汶汶者乎?"意为洁身自好,坚持理想,保持清醒,绝不与浊世同流合污。而道家的观点与二者皆不同,它是不拘于俗,置身事外的,不管你世道是昏是明。老子云:"俗人昭昭,我独昏昏,俗人察察,我独闷闷。"在老子眼里,活得清醒不如活得糊涂,活得明白其实还是不明白。老子不同意《楚辞》的渔翁,也不欣赏《楚辞》的屈原。在道家眼中,渔翁清醒,渔翁昭昭,渔翁察察,所以是俗人；屈原则是活在自我的世界里，在他的世界里他自然是清醒的，是"昭昭"和"察察"的，可实际上，俗世里的屈原终究是俗世意义上的"昏昏"的，"闷闷"的，他没有走出自己限定的那个世界，更没有走出混混沌沌的俗世——一个大于个体的自我却远远小于"天道"的那个世界。老子的"昏昏"和"闷闷"是复归于原始状态的超脱了本我和俗世的"醉"与"浊"，是庄子渔父的大道之真。

值得注意的是，儒家也参与进了这场沧浪之辩。《孟子》一书中也提到了《楚辞》中的"沧浪歌"，目之曰"孺子歌"。随后是孔子关于孺子歌的引申和结论：

> 孔子曰："小子听之！清斯濯缨，浊斯濯足矣，自取之也。"

孔子从水而言之，以沧浪之水譬喻个体，阐荣者自荣，辱者自辱之义。其实反过来说也一样，从人而言之：清水里洗脚纵无可厚非，脏水里洗头就怪不得别人了。孟子又引《尚书》作结，曰："天作孽，犹可违；自作孽，不可活。"说白了，就是"苍蝇不叮无缝的鸡蛋"。儒家勉励士人修身齐家，澄清天下，任重道远。正是"天行健，君子以自强不息"的含义。然而儒家又说"达则兼济天下，穷则独善其身""不在其位，不谋其政"，却又与庄子渔父对孔子的训诫异曲同工了，非《楚辞》渔父随波逐流之想所能相提并论。

然而，后代文士对于渔父的沧浪之歌究竟难以忘怀，或是受魏晋士人旷达放任思想所及，于是濯缨也好，濯足也罢，都成为自由无拘的象征。生于乱世，功名不达，不若置身田园，快意余生，游荡山水间，又何论儒道禅！君不见，野史描绘范蠡携西施功成身退，都是"泛舟五湖"。

王维"宛是野人也，时从渔父鱼"，孟浩然"垂钓坐盘石，水清心亦闲"，元结"谁能听欸乃，欸乃感人情"，甚至张居正"无限沧洲渔父意，夜深高咏独鸣舷"，表达的都是人间世，尘世里微渺的自我，以何种心态从容面对纷繁酷烈的世态和生活。这是常人渔父的高境界，是退而求其次的期许，是无可奈何又自得其乐的暂得解脱。

于是渔父不再仅仅是个单纯的概念和象征，世易时移，渔的内在规定性因为思想历史文化的不断卷入而变得越来越复杂和庞大。在中国传统文化里，渔父是个如此丰富而驳杂的符号和意象，它早已超越了"自由"的内涵，实在难以一言以蔽之。如果一定要概括的话，不妨作如是观：世俗之渔来，沙门之渔去，道家之渔走，儒家之渔留。

这来、去、走、留，便是中国"渔父思想"的用舍行藏。如果说"道家渔父"物我两忘，"儒家渔父"荣辱于心，"佛家渔父"却令人心生慈悲，肃然起敬，不觉掩泣。

禅宗传至六祖慧能后始盛，慧能传法钵于青原行思及石头希迁禅师，自此而下，禅宗一花开五叶，分门别派，始渐壮大。然肇始之端，布道艰难。唐代高僧德诚禅师，正是石头禅师座下药山惟俨禅师的弟子，其"节操高邈，度量不群"，他与道吾和云岩禅师都是惟俨禅师弟子，三人得法后，奉师命各自去住山弘法。离开药山时，德诚与两个师兄弟挥别道：

> 公等应各据一方，建立药山宗旨。予生性疏野，唯好山水，乐情自遣，无所能也。他后知我所止之处，若遇灵利座主，指一人来，或堪雕琢，将授平生所得，以报先师之恩。(《五灯会元·卷五》)

德诚自谦"无能",特别嘱咐二位师兄弟向他推荐个聪明的后学僧人,他好将平生所得传授,以报答先师恩德。随后德诚来到华亭,泛舟江上,垂钓化缘,没有人知道他身份来历("时人莫知其高蹈"),就管他叫"船子和尚"。

日复一日,年复一年,德诚终于盼来了他等候的"灵利座主"——那是他的师弟道吾发现并引荐来的一位年轻僧人,法号善会。善会依照道吾的指点,寻访到华亭江边。德诚正在船中垂钓,遥望见善会,心下便知来意。于是朗声问道:"大德住什么寺?"善会答:"寺即不住,住即不似。"意即心无所住,应接机敏,德诚心下大悦。于是不断提问,二人互答机锋数回合。德诚忽吟道:"垂丝千尺,意在深潭。离钩三寸,子何不道?"这是德诚有意遏止禅人心机,打破其执念。果然,善会又要答话。被德诚挥桨打落水中。善会刚爬上船,德诚催问:"快说!快说!"善会正要开口,德诚又是一桨将其击落水中。善会于是幡然开悟,问老师:"抛纶掷钓,师意如何?"德诚说:"丝悬绿水,浮定有无之意。"佛法是说"有无"相对相成,此不二法门。心法既传,德诚嘱咐弟子离他远去,传承佛法:"汝向去直须藏身处没踪迹,没踪迹处莫藏身。吾三十年在药山,只明斯事。"

善会依依不舍，与师辞别，频频回顾。德诚忽然大喝："和尚！"善会抬头间，德诚又举起船桨道："汝将谓别有。"倾翻小船，落水自溺而逝。

禅宗渔父，以生命为弟子作出最后的开示：断绝妄想，抛却执着，何须见佛，汝即是佛！善会终于不再回头，义无反顾。他从江畔走进深山，弘扬药山宗旨，接引弟子无数，号为"夹山禅师"。

昔姜太公垂竿，为入世之渔；严子陵坐钓，乃出世之渔；沧浪翁放歌，是出入混沌之间；船子和尚举桨，一动已在方外。水声山色的天底下，尚有德诚大师留下的禅句，诗曰：

千尺丝纶直下垂，一波才动万波随。
夜静水寒鱼不食，满船空载月明归。

沧洲

沧洲一词，典出阮籍《为郑冲劝晋王笺》："然后临沧洲而谢支伯，登箕山以揖许由。"支伯和子由，这两位都是古代贤士，支伯也称子州支父。《庄子·让王》中写过他们："尧以天下让许由，许由不受。……舜让天下于子州支伯。子州支伯曰：'予适有幽忧之病，方且治之，未暇治天下也。'"

再说两个人：书法家米芾和画家沈周。

"宋四家"之一的米芾擅长大字行书，《多景楼诗卷》为其传世代表作，内容是米芾自己写的一首诗，全诗盛赞"多景楼"风光之美，其中有这样一句：

康乐平生追壮观，未知席上极沧洲。

今人面对古人墨迹，多只关心其书写的字形结构、笔墨技术，而对其中的思想内容却很少重视。甚至一些书法家，写了半辈子的米芾，却连《苕溪诗》内容为何都不清楚，是可笑事，也是寻常事。士林昔非今比甚矣。古人胸怀天下，追寻大道。为立言，不闻丝竹可也；为立功，投笔从戎可也；为立德，弃官归隐可也。填词尚且被视为赋诗之余，书画末技，更何足道哉。然而，就是这个区区何足道哉，我们尚且道不明白，真是比我们的祖宗差太远了——古代的诗人哪个都是书法家，古代的书法家哪个都是诗人。

接着来看米芾的这句诗。"康乐"就是南朝谢灵运，谢氏可谓中国最早的山水诗人及旅行家，以追寻摹写天下美景为乐事，然而米芾说，连谢康乐这样"平生追壮观"的大家都想不到：倘在多景楼，举目即沧洲！——沧洲如此美好，沧洲是什么地方？

回过头来说沈周。作为画史上"吴门画派"的泰斗，"明四家"之首，家境优裕又无心出仕，终生隐居且天下闻名，沈周可谓一代高人。晚年的沈周创作有一幅精品长卷，名曰《沧洲趣》，画面描绘山林水涯，平屋茅舍，清新雅致。沈周在卷后的题跋写道：

> 以水墨求山水，形似董巨尚矣。董巨於山水，若仓扁之用药，盖得其性而後求其形，则无不易矣。今之人皆号曰："我学董巨"，是求董巨而遗山水。予此卷又非敢梦董巨者也。

题跋鲜明地表达了沈周论画的识见。"董巨"即董源和巨然，为五代南唐画家，他们二人所开创的山水画风格，深刻影响了自元代以降整个后世的画风，清朝人甚至将他们比作书法史上的"钟王"（钟繇和王羲之）。沈周身处的明代，历经"元四家"的发扬高举，"董巨"画风弥漫，所以沈周在这卷《沧洲趣》中特别强调告诫"吴门画派"及其他画家：学习董巨，要领会其精神而非其外形。

董巨的精神是什么？沈周说是要像他们那样，得山水之"性"。性就是性格性情，是内在的本质的东西，可山水有性情吗？有，山水之性即人之性。"仁者乐山，智者乐水"，画家所见山水，须与画家精神合一，如遇契合处，自然下笔通神。这或许才是沈周所要表达的意思。至此我们再来重新审视沈周为画卷命名为《沧洲趣》的意旨所在。

当代美术评论家在帮助大众"鉴赏"这幅画作的时候,这样写道:"河北沧州地处北方,沈周未曾到过,他只是表现山川之性和趣,故图名'沧洲趣'"。随后又借势发挥,解释画中山石的皴法何以兼备"南北宗",盖因沈周身为南人而凭想象绘北方山水云云。

实际上,"沧洲趣"代表着完全不同的另一种意思。沧洲,并非今日河北的沧州(古"州"即"洲"字),而是泛指临水的地方,就是水滨涘浃,古代常用来称隐士居处,而"沧洲趣"便是指归隐之乐,寄寓着文人雅士的安逸情怀和洒脱品格。这是现实的沧洲,更是想象的沧洲。所以米芾才敢断言:即便你谢灵运在,也是要羞煞三分的!——只因为有多景楼,这里便是传说中的沧洲。

"沧洲趣"一词大约最早见诸南朝诗人谢朓,其诗云:

既欢怀禄情,复协沧洲趣。

(《之宣城郡出新林浦向板桥》)

河北的沧州创设于北魏，此前隶属幽燕，生活年代与北魏同时的谢朓显见是不会拿后世眼里的"沧州"抒发自己的欢情旨趣了，谢诗里的沧洲只不过是一种虚指，并非具体的地点，其境近乎《诗经》的"在水一方"。山水精神是中国文学艺术永恒的母题之一，"沧洲"最原始的意象至少可以追溯到屈原，屈原在《湘君》中吟咏："望涔阳兮极浦，横大江兮扬灵。"极浦，就是无际的水涯，也就是沧洲。

诗人遥望水天无际，顿生超尘之思，于落寞的屈子，感受的是无穷的悲切；于踌躇满志的谢朓，感受的却是不尽的欣然。此诗为谢朓于建武二年春离京出守宣城途中所作，诗句"怀禄情"和"沧洲趣"两相呼应，意思再清楚不过了，诗人写舟中所见江天一色的浩渺美景，毫不掩饰地表现自己仕隐合一的旷荡心情。

这种儒道兼具，用舍行藏的心理意识，存在于世代文人的心中。试看唐代的诗客：

君虽在青琐，心不忘沧洲。

(《宿歧州北郭严给事别业》)

唐代至德二年秋，岑参做客给事中严武在凤翔郡的别业并留宿，为表达对主人的感谢和赏慕，挥笔写就这首优美的赞歌。"青琐"指朝廷，"沧洲"谓隐居，言下之意盛赞严武大隐于朝。

再看韦应物：

素秉栖遁志，况贻招隐诗。
坐见林木荣，愿赴沧洲期。

(《酬卢嵩秋夜见寄五韵》)

韦应物与卢嵩曾同在洛阳为官，交游亲密，既是同僚，又是好友。也是一个秋夜，韦应物收到卢嵩寄来的一首五律，于是提笔和了这首诗。栖遁、招隐、林木、沧洲——皆是隐逸的象征符号。

更有意思的是，韦应物和岑参提及沧洲隐逸的诗句，都是写在秋天里。这当然是一个巧合，但有一定的妙理在也未可知。先看王摩诘的这句：

忽思鲈鱼脍，复有沧洲心。(《送从弟蕃游淮南》)

才说沧州,又见鲈鱼。鲈鱼脍——又是归隐之思。晋代张翰决定弃官还乡归隐,正是在一个秋天:

> 翰因见秋风起,乃思吴中菰菜、莼羹、鲈鱼脍,曰:"人生贵在适志,何能羁宦数千里以要名爵乎!"遂命驾而归。
>
> (《晋书·张翰传》)

秋天,原本是一个容易感伤消极的季节。官场风起云涌,仕宦沉浮不定。在西风骤起的秋夜,文人怀想归隐山林,遁迹江湖,不恰在情理之中?而那些归隐的小想法,也只有在写给亲密友人的诗篇里,才能吉光片羽地闪烁一见。大浪袭来,或者春风得意,这些微茫的小念头,便即刻湮没于个人思想史的尘埃,诗人自己却来不及回忆思忖,只有后人知。

所以说,无数文人士大夫所描写的沧洲,只能是幻想中的沧洲,它并不真实地存在。倘若有真实的沧洲在,那也只能在无官可做的隐士和穷儒那里。仕途无望的孟夫子,是真正地得到所谓沧洲趣的。

缅寻沧洲趣，近爱赤松好。(《宿天台桐柏观》)

在谢朓、岑参和韦应物那里，沧洲其实原本只不过是一句偶尔的说辞，踌躇满志的诗人们，怎么会耽于林泉之乐呢？但孟浩然不同，他的沧洲是确确实实的沧洲。

这一点与沈周还不同，沈周一生素来是享受这份沧洲趣的，给官当都不干，他是懂得生活的享乐派。与沈周的"主动沧洲"不同，孟浩然是遭遇求仕挫折后的"被动沧洲"，这就容易在心理享受上打了折扣，所以也难怪他要去"缅寻"沧洲趣了。对于沈周而言，沧洲趣就在那里，眼皮底下摆着，何必去寻？

拥有的，不必寻；没有的，想去寻；想寻的，寻不到；寻到的，无真趣——沧洲趣，真是千古文人心中最纠结的美好梦魇，它是真实的，又太虚无；它是个虚指，又最真切。其实何止是文人？武夫亦如此——试看"水浒"。

水浒就是水边，水浒就是沧洲。

浒，水厓。(《尔雅》)

《水浒传》里的阮氏三雄及一众好汉们，大碗喝酒大口吃肉，倚靠的是漫无际涯的八百里水泊。荡舟打渔，劫富济贫，那份乐趣，是粗壮的豪情，不同于文人渴望归隐的精致品味。但对水涯、山林的热爱和拥戴，竟然如此相通。

多有意味，同样是水边——一边是沧洲，一边是水浒；此岸居住着文人，彼岸居住着侠盗。侠盗也要寻觅沧洲趣！草莽英雄们不但倚水称雄，还要占山为王。这是武夫的山水——武士不得志，同样要归隐，要浪迹江湖和山林，要当武林隐士的。这"武隐士"一派，往往被人们忽略。文士隐于山水之间，就叫林泉高士；武士隐于山水之间，便叫绿林好汉。前者是"文隐"，后者为"武隐"；文隐寄情沧洲，武隐倾心水浒。

无论文武，都有在朝之"显者"与在野之"隐者"之分。文士在朝，兴民治国；武士在朝，守疆安邦。文士在野，寄情山水；武士在野，快意江湖。这一文一武、一朝一野的两组线索纵横交织，就构成了中国传统社会兴衰治乱的主旋律。

历史太浩大，不好说也说不好，就随便举几枚传统小说的例来敷衍。先看《封神演义》，西周肇始，文用姜尚，是起"文隐"于沧洲（渭水河畔）；姜尚招兵，是用"武隐"于江湖，一部《封神榜》，就是文隐联合武隐，扶周灭商的历史。再看《水浒传》，宋江、吴用这些人是文隐，武松、李逵等一众好汉是武隐，水浒讲的是文隐与武隐由联合而成功、又由分裂而失败的过程。至于《七侠五义》，则是典型的"文显"（包拯）联合"武隐"（侠客），惩处权奸、保国护民而在朝野大获成功的案例。戏说至此，可以打住。

文隐也好，武隐也罢，都离不开那片虚无缥缈的沧洲，而历史活生生的真实，就滋生于这片缥缈之中，或许这便是道家所说的"无中生有"。进一步讲，道家"尚隐"，儒家"求显"，这是尽人皆知的事实，可是两者思想其实都以一个"沧洲"为枢纽。此话怎讲？

老庄尚隐，所谓沧洲趣自然当在道家本义之中。然而，他们是将"沧洲"作为个体出世的"起点"来看待的。道家希冀人们都"绝圣弃智""绝仁弃义""绝巧弃利"，目的是使人"见素抱朴，少私而寡欲"，如此，便可以实现"鸡犬之声相闻，民至老死不相往来"的大同世界胜景。由此可见，道家眼里的沧洲，是人们走向大道的始点，只有断绝名利欲望，去除远志抱负，赤脚走向苍茫山水之间，置身于沧洲，才算开始了理想人生的第一步。当越来越多的人认识到这一点并采取同样的行动时，真正的太平世界才会显现，到那个时候，巧智和狡诈同尽，仁义和奸邪并亡。

而儒家呢，虽然积极鼓吹入世，推崇仁义礼智信，言必称"士不可以不弘毅，任重而道远"、讲求"修身齐家治国平天下"，但却又恰是将隐遁式的"沧洲趣"作为人生之理想的，《论语》中那段著名的记录就是最好的注解。孔子与学生们闲暇围坐，要求他们谈谈各自的志向，子路几位慷慨陈词之后，孔丘笑问曾晳。当时曾晳正在悠然鼓瑟，闻听老师的提问，于是戛然而止，从容起身。曾晳说，我的人生理想是：

> 莫春者，春服既成，冠者五六人，童子六七人，浴乎沂，风乎舞雩，咏而归。(《论语·先进》)

在春天里，呼朋唤友，跳沂河里洗澡，坐高台上吹风，唱着歌回家。——这就是曾晳的志向。孔子听完，没有呵呵一笑，竟然"喟然叹曰：'吾与点也！'"曾晳的一番话，拨动了老师的心弦。在孔子看来，自己之所以穷其一生周游列国以图挽救所谓"礼崩乐坏"的时风,不正是为了让仁的思想普及世人,开创出一片春风骀荡、歌舞升平的天下中和吗?曾皙所说的"浴乎沂,风乎舞雩"便是孔子眼里的沧洲趣。

沧洲,是道家思想的起点,也是儒家思想的终点。到后世文人那里,起点和终点的界限便越来越模糊了,待得如今,文人大概已不甚知晓更不去在乎劳什子沧洲趣!文人已经不在乎,遑论画家。所以画家、书法家抡起臂膀挥毫泼墨,只管往大里写,往大里画,丈八条幅,煌煌巨制,哪怕画面乌压压密不透风,只要尺寸够大,心有多大,沧洲就有多大。

诗圣杜甫,在为当时的那位精于附庸风雅的高级官僚刘大人唱赞歌的时候,还是有点"唱"的底气的。毕竟那时候的官员也满腹经纶,饱读诗书,偶尔想舞文弄墨,至少不会很献丑。更何况人家也是胸中有丘壑,心思极沧洲。且看杜甫怎么说:

闻君扫却赤县图,乘兴遣画沧洲趣。

(《奉先刘少府新画山水障歌》)

不管老杜的赞美是否近于奉承，刘少府身为"文显"，却能怀抱沧洲逸趣，也算难能可贵了。须知，士大夫生活再优游卒岁，官场终究波谲云诡，在朝业余画家刘少府的沧洲趣，在一定程度上，比在野专业画家沈石田的沧洲趣要更加来之不易。这也就是儒家沧洲与道家沧洲精神趣味的差别。

佛经有"八苦"之说，生老病死之外，尚有爱别离、怨憎会、求不得和五蕴炽。对于一切世人来说，沧洲的乐趣和苦闷，释放与压抑，都来自于那份"求不得"之苦。杜甫笔下刘少府的笔下的沧洲，米芾笔下谢康乐的笔下的沧洲，其实都有难掩的苦，那是身在社稷，心在沧洲的苦。但更苦的恐怕是反之——身在沧洲，却心怀社稷的苦，比如陆游：

> 当年万里觅封侯，匹马戍梁州。关河梦断何处，尘暗旧貂裘。
>
> 胡未灭，鬓先秋，泪空流。此生谁料，心在天山，身老沧洲。(《诉衷情令》)

"心在天山，身老沧洲"，陆游的这句，与岑参写严武的那句"君虽在青琐,心不忘沧洲"恰成鲜明的对照。两者境界谁高谁下,孰难孰易,其实难以比较,又何须比较。一个"求不得"的苦厄,漫漶了古往今来夕阳残照里无数个满纸龙蛇,遍地云烟。

正所谓,围城内外,皆是倦客;沧洲远近,尽付波涛。

野渡

落日孤烟，是唐代大诗人王维常用的意象。然而同样是千古名句，同样地纯用白描手法，"大漠孤烟直，长河落日圆"，豪情干云，写出一派大气磅礴；"渡头余落日，墟里上孤烟"，却瞬间置读者于一片空寂怅惘中。强烈的艺术效果及其反差，当然得于诗人伟大的诗才，而渡头这个意象物的选择，对诗歌造境也起到了至关重要的作用。

渡头，又叫渡口，是人们涉水乘舟之处，对古人来说最日常、亲切而熟稔。过去没有汽车高铁，更无飞机，远行主要靠水陆之舟舆。所以羁旅倦客漂泊江湖，舟车劳顿，可想而知。对今人而言，生活环境变了，但依然可以感同身受，简单地打比方，渡头就是站台。列车的呼啸，人流的喧嚣，钢筋水泥的建筑，一切虽说了无诗意，可是无论民国时期朱自清的散文

《背影》,抑或20世纪80年代的通俗歌曲《站台》和《驿动的心》,那份寄托于站台的离愁和怅惘却是一般无二。

站台也好,渡头也好,毕竟是分别的地方。白居易《长相思》:"汴水流、泗水流,流到瓜洲古渡头,吴山点点愁。"多情自古伤离别,有离别,就有愁绪。无论与亲友恋人别离,还是告别原来的自己。这份感伤深深镌刻在"渡"这枚汉字的深处,于是让王维的那句诗也散发出挥之不去的忧愁。还是王维"荒城临古渡,落日满秋山",这是诗人向昔日的自我挥别,是诗人的归去来兮;"解缆君已遥,望君犹伫立",这是诗人与亲密的友人送别,一个在水中,扁舟远逝;一个在岸上,渡口遥思。似乎光靠渡头这一个意象表达离愁还嫌不够,更多时候,诗人还要配以杨柳(柳与留字谐音)来强化这份相思。"杨柳渡头行客稀,罟师荡桨向临圻",还是与友人送别,在杨柳依依的背景下,别离之情更似笼罩上一层层薄雾,连同空寂的渡口都被渲染上了忧郁的颜色。杨柳与渡头这两个意象,时常共同出现在诗文中。杜审言诗:"云霞出海曙,梅柳渡江春",晏几道词:"渡头杨柳青青,枝枝叶叶离情",而最著名的要数唐人郑谷的那首《淮上与友人别》:

扬子江头杨柳春，杨花愁杀渡江人。

数声风笛离亭晚，君向潇湘我向秦。

"扬子江""杨柳""杨花"连用，形成轻盈舒朗又回环往复的节奏和音调，意味潇洒清新，诗人浑不着力，宛如一帧淡雅水墨小品画，然而收笔却作"愁杀渡江人"！乍看仿佛不协调，其实这种鲜明的反差，好比山水画中的点苔之法，用浓墨重笔来提醒，意在衬托和强调：杨柳杨花的轻盈只是表象，渡江心情的沉重才是本质。诗末两句，更是绝唱：在渡头的离亭中，在饯别小筵的风笛声里，宾主抱拳辞别，各奔东西。诗歌于是戛然而止，唯有余音袅袅不息。

亭子，是中国古代重要的建筑设施，它往往配合主体建筑的功能发挥不同的效用：酒楼须悬挂酒旗，故曰旗亭；驿站要提供各色旅客饯别休憩，故有短亭、长亭；渡口有行人待渡和送别，自然也须设立歇脚场所，因为渡又称津，所以渡头的离亭别称津亭。

宋代大词人秦观，写于郴州旅舍的羁旅名篇《踏莎行》，开头就是"雾失楼台，月迷津渡"，评者或以为是虚写，其实楼台、津渡、孤馆、郴江皆少游所处实景，只不过词人将怅然愁绪寄托于诸般物象，幻化于迷离的雾色月色中，写法乃实中带虚。"初唐四杰"之首王勃诗云："津亭秋月夜，谁见泣离群。"也是将津亭与月色并列来写。还有晚唐诗人张祜的那首《题金陵津渡》，渡口的月夜，诗味具足。

　　金陵津渡小山楼，一宿行人自可愁。
　　潮落夜江斜月里，两三星火是瓜洲。

此诗也是大有话说。首先，从物象的选择来看，与王勃诗和秦观词一致，都以夜月、津亭和渡口来营造一种若有若无、缠绵萦绕的忧愁。其次，从该诗主题背景而言，描写的是金陵渡，金陵是现在的南京，而金陵渡却是指京口（今日镇江）的西津渡。西津渡是中国历史上著名的古渡口，围绕京口的西津渡和北固山所发生的历史事件及相关诗文卷帙浩繁，概不赘述。诗文中最著名的首推王安石的那篇："京口瓜洲一水间，钟山只隔数重山。春风又绿江南岸，明月何时照我还。"北宋熙宁元年春，王安石应召赴京从西津渡扬舟北上，在停泊瓜洲时，意气风发写就此千古名篇。这首诗的可贵在于,它虽是与渡头有关,与乡思有关,却了无愁苦和幽怨,而是笔挟春风得意的快意,大展宏图的雄图,尽管诗人流露出用舍行藏之际的隐忧,却与大多诗人离愁别绪的消极之语截然不同。所以,所谓渡头忧思,也因时因事因人而异。最后,从意境上来说,张祜诗作很容易让人联想起另一首脍炙人口的名篇,盛、中唐之际诗人张继的《枫桥夜泊》:

月落乌啼霜满天,江枫渔火对愁眠。
姑苏城外寒山寺,夜半钟声到客船。

两篇说的都是舟中客愁,都写出了羁旅忧思,诗境极为相似。抛开诗人所择取的具体的物象不论,诗歌总体的氛围和内在的风味基本是一致的,尤以神合。这就要说到与"渡"密切相关的另一个词"泊"。

离岸乘舟叫作渡,停船靠岸叫作泊。好比今天自驾游,收费站入口便是渡头,上高速便是渡,中途到服务区休息便是泊,"泊"也是下一场"渡"的起点,是另一个渡头。而"夜泊"

最有故事，最有况味，因为夜的静谧更惹人深思，夜泊诗也最有动人的诗情。王安石的诗如是，张继的诗如是，张祜的诗亦如是。

张祜是晚唐时人，而他的知己——当时最负盛名的大诗人杜牧，同样有一首关于夜泊的诗作，这首诗可以说家喻户晓：

烟笼寒水月笼沙，夜泊秦淮近酒家。
商女不知亡国恨，隔江犹唱后庭花。（《泊秦淮》）

从张继到杜牧到张祜，从盛唐到中唐到晚唐，从姑苏到金陵到京口，时空相去都不算远。而比时空距离更近的，是千古文人在朝代兴废之间、生涯荣辱之间，世路进退之间，始终如漂泊在月夜下渡船上的那颗心。这颗心，如"江枫渔火"或"两三星火"，在江河流淌中闪烁，在"渡"与"泊"的旅程中明灭……直到一千多年之后的晚清，依旧如斯。清同治年间的著名词人蒋春霖，有一首词《木兰花慢·江行晚过北固山》：

泊秦淮雨霁，又灯火、送归船。正树拥云昏，星垂野阔，暝色浮天。芦边夜潮骤起，晕波心、月影荡江圆。梦醒谁歌楚些？泠泠霜激哀弦。

婵娟，不语对愁眠，往事恨难捐。看莽莽南徐，苍苍北固，如此山川。钩连更无铁锁，任排空、樯橹自回旋。寂寞鱼龙睡稳，伤心付与秋烟。

还是秦淮，还是夜泊，又是灯火，又是愁眠，词境与前人诗境如出一辙。百代之下诗人们的无限寄慨，都融入无边月色下、渺渺清江里的袅袅商音。出世不易，入世艰险，宦海沉浮的生涯，宛如一个怪圈，没有多少人可以进退裕如。古代所有入仕的文人，都何尝不是在其中泅渡，每个人都是渡泊之间的倦客。只不过，有的人，有些时候，心境会一时明亮起来，如北宋诗人苏舜钦：

春阴垂野草青青，时有幽花一树明。
晚泊孤舟古祠下，满川风雨看潮生。

(《淮中晚泊犊头》)

这首夜泊诗的意境是豁达、幽雅、从容的，甚至有种超然物外的气概风度，末句何似东坡"一蓑烟雨任平生"的豪情！然而，从诗味上来说，它更与唐代诗人韦应物的那首名篇相近。

独怜幽草涧边生，上有黄鹂深树鸣。
春潮带雨晚来急，野渡无人舟自横。（《滁州西涧》）

同样是春夜，同样的春雨，连物象的择取都雷同：幽花（草）、深树、孤舟、潮水……甚至诗歌产生的地点——韦诗明确交代，苏诗却没有明说，然而一个"泊"字已经暗示真相。"晚泊孤舟古祠下"，诗人因遭遇风雨，随机停船在古祠，这个停泊处显然并非官修的正式渡口，与韦诗一样，都是野渡。

野渡也是渡，只多一"野"字，便平添了几分逸致。

野渡意象，唐诗中常见。戴叔伦"野渡逢渔子，同舟荡月归"，李嘉祐"野渡花争发，春塘水乱流"，方干"野渡波摇月，空城雨翳钟"，白居易"舟船如野渡，篱落似江村"……宋代诗词也屡见不鲜，欧阳修"路转香林出，僧归野渡闲"，陆游"云迷野渡一声雁，雪暗山村千树梅"，杨万里"故人南北音书少,野渡东西芳草多",谢逸"野渡舟横,杨柳绿阴浓"……野渡在这些诗词里,或为乐于田园,或表归隐之志,或作出尘之想,总之是用来烘托一份文人的雅逸闲情。

然而,传统文本中的野渡,其含义之外延不止于此。《水浒传》中描写宋江在揭阳镇遇险,逃到江边野渡,慌乱中上了张横的贼船,若非李俊及时赶到,差点儿命丧浔阳江。张、李等人混迹的江湖和那江畔的渡头,自然是野得不能再野的,却与雅量高致毫不沾边,倘若也有美感的话,也只能归于现代电影艺术所谓"暴力美学"。

小说作者是为了表现宋末社会之乱,借用"混江龙"李俊的话讲,揭阳地界有"三霸":山上有李俊李立,江里有张横张顺,镇上有穆弘穆春。水陆空一片黑,真可谓上天无路,入地无门,你叫老百姓怎么活?好好一个浔阳江,竟成了强盗杀人越货的屠场!遥想往昔大唐太平之时,即便文人失意,歌女辛酸,纵然千般不好,总胜过乱世的民不聊生。当年不得志的乐天居士,也是在这江畔与友人饯行,写下了流传千古的名篇。

浔阳江头夜送客,枫叶荻花秋瑟瑟。

主人下马客在船，举酒欲饮无管弦。

醉不成欢惨将别，别时茫茫江浸月。

……

(《琵琶行》)

熟悉的江岸，熟悉的送别；熟悉的江枫，熟悉的月色。被贬的诗人和失欢的歌女，在这月白风清的秋江野渡之上，在那"嘈嘈切切错杂弹"的琵琶声里，成为"相逢何必曾相识"的知己，彼此获得了心灵的共鸣。

白居易的这份气度，让人联想起魏晋名士的风流。

王子猷出都，尚在渚下。旧闻桓子野善吹笛，而不相识。遇桓于岸上过，王在船中，客有识之者，云是桓子野。王便令人与相闻，云："闻君善吹笛，试为我一奏。"桓时已贵显，素闻王名，即便回下车，踞胡床，为作三调。弄毕，便上车去。客主不交一言。(《世说新语·任诞篇》)

王徽之是书圣王羲之的第五子，才学不如他老爸，名士范儿却比谁都不差。这天他离开京城，准备出游。刚到渡口登上船，恰逢晋代吹笛第一高手桓伊于岸上乘车经过。王徽之就叫人传话给桓伊让其吹笛子给他听。二人虽然知道彼此的存在，却素不相识，而桓伊当时已经做了大官，王徽之的做法显然是唐突至极的。可是桓伊当即坐在小马扎上就为他演奏了一曲，然后上车疾驰而去。从始至终两个人都没说一句话。

两个人都是很有性格的，王徽之不惧权贵（当然王氏本身即是最大的名门望族），不受礼数客套的约束，虽然装得有点儿过，但已经难得；而桓伊呢，不端架子也不装，行如风驰，收如雨霁，这份磊落潇洒，更加了不起。相形之下，白居易邀请歌女演奏，"千呼万唤始出来，犹抱琵琶半遮面"，似乎太扭捏了些。然而我们怎能拿一个歌姬比较高官，一个乡野村夫比较显要名士，一个唐人比较以风流著称的晋人呢！所以，白居易也是难得的，难在他的真诚坦荡和他对歌女的欣赏和尊重。

"座中泣下谁最多？江州司马青衫湿。"最重要的是，泪透青衫的白司马，在那场秋江渡上的邂逅中，完成了蜕变，向旧我告别。之前的白乐天，胸怀大志，意欲"兼济天下"；此后的香山居士，低调隐忍，信奉"独善其身"，直至晚年成为虔诚的佛教徒，号曰香山居士。

说来，佛家最讲求"渡"。沙门教义认为人生在世，苦海无边；万般皆苦，唯有自渡。波罗蜜多（Paramita）意为度（渡），即是到彼岸。意思是人们要通过修行而觉悟，恢复本性，如同渡河那样，从生死迷界的此岸到达解脱涅槃的彼岸。而渡口，正是我们发心开始的地方。

图书在版编目（CIP）数据

空色：中国传统意象二十品 / 宁大有著、绘．——
北京：中国经济出版社，2024.1
ISBN 978-7-5136-7481-2

Ⅰ．①空… Ⅱ．①宁… Ⅲ．①散文集-中国-当代
Ⅳ．① I267

中国国家版本馆CIP数据核字（2023）第252585号

特约策划	善渊 SHINING heart_shining@163.com
责任编辑	龚风光　杨祎
特约编辑	顾　盼
整体设计	李　响
责任印制	马小宾

出版发行	中国经济出版社
印 刷 者	鑫艺佳利（天津）印刷有限公司
经 销 者	各地新华书店
开　　本	787mm×1092mm　1/32
印　　张	9.25
字　　数	143千字
版　　次	2024年1月第1版
印　　次	2024年1月第1次
定　　价	89.00元
广告经营许可证	京西工商广字第8179号

中国经济出版社　网址 www.econmyph.com　社址 北京市东城区安定门外大街58号　邮编 100011
本版图书如存在印装质量问题，请与本社销售中心联系调换（联系电话：010-57512564）

版权所有　盗版必究（举报电话：010-57512600）
国家版权局反盗版举报中心（举报电话：12390）服务热线：010-57512564

暖我与狸奴不出门

溪柴火软蛮毡煖

风雨

野渡

沧洲

驿路

秉
烛

渔翁夜傍西岩宿 晓汲清湘燃楚竹 烟销日出不见人 欸乃一声山水绿 录唐人诗意 癸卯秋宵大有作

渔父

倚杖听江声
癸卯秋在大有

江声

西楼

尺素

流水

白云

绮窗

长啸

明
月

眼前無長物窗下有清風
癸卯白露中大有

清風

杖藜扶我過橋東癸卯秋 昔

杖
藜

登高

吴钩

長安一片月萬戶擣衣聲 癸卯者

搗衣

青山

青山